奪われ聖女と呪われ騎士団の聖域引き篭もりスローライフ

花果　唯

23178

角川ビーンズ文庫

Contents

エドヴィン
懐が深い
テレーゼ騎士団の団長。
魔物の姿はフェンリル
コハネ
本名は天川《あまかわ》小羽《こはね》。
日本から聖女として
召喚された
奪われ聖女と呪われ騎士団の
聖域引き篭もりスローライフ
Characters

テレーゼ騎士団

セドリック

陽気なイケメン。魔物の姿はコボルト

リュシアン

天才肌の美少年。魔物の姿はスライム

クレール

無口な美形。魔物の姿はゴブリン

パトリス

妖艶な副団長。魔物の姿はハーピー

ダイアナ

後輩聖女。儚げな美人

アーロン

コハネの元婚約者。第二王子

セイン

旅の仲間だった魔法使い

メレディス

病弱な第一王子

本文イラスト／林　マキ

序章　舞台に立つ者こそ真なる聖女

聖女による聖樹の浄化《じょうか》を見ようと、王都の広場にはたくさんの人が押し寄せていた。

私は騎士《きし》達に連行され、関係者のために確保されているルートを進んでいる。本来は丁《てい》重《ちょう》に守られながらこの道を歩いていたはずなのに、どうしてこうなったのだろう。

広場中央に造られた舞台の上には、金髪《きんぱつ》に紫《むらさき》の瞳《ひとみ》の男性がいた。体格が良く、身なりも良い彼はこの国の第二王子、アーロン様だ。

そして、その隣《となり》――本来私がいるはずの場所には儚《はかな》げで美しい女性、ダイアナがいた。

ダイアナは聖樹を見据《みす》えると、祈《いの》るように両手を組んだ。

(待って！　それは私の役目よ！)

この王都での浄化を成功させると、七つある聖樹の浄化がすべて終わる。それをもって正式に聖女と認められることになる。

三年に亘《わた》る旅をして、聖樹の浄化を行ってきたのは私だ。私は五つの聖樹を浄化した。

一方、ダイアナが浄化の旅に加わったのは半年前――。一度だけ一番小さな聖樹の浄化をしたにすぎない。

最も大きい王都の聖樹を任せるのは不安だし、ここは私のために用意された舞台だったはずだ。私は駆《か》け出したが……間に合わない！

それでも必死に舞台に近づこうとする私を騎士達が止めた。

「コハネ様、聖女様の浄化が始まっています！　邪魔《じゃま》をしてはいけません！」

「私が聖女よ！　この王都での最終浄化は、本来私の役目よ！」

「何を今更《いまさら》……。ダイアナ様に押し付けておいて、恥《は》ずかしいとは思わないのですか！」

「…………？　ダイアナに押し付けた？」

騎士の反論を聞いて混乱した。その間にも浄化は進み、白い光が聖樹を包み始めた。

民衆からは「わあ！」と歓声《かんせい》が上がる。

「聖樹が白く光っている！　綺麗《きれい》……奇跡《きせき》だ……」

見守っている人々が幻想《げんそう》的な光景に魅《み》せられている。

私もその光景を見ていた。でも……。

「…………？」

誰《だれ》も気が付いていないが、ダイアナの浄化には違和感《いわかん》がある。浄化はできているが、私の浄化とはどこか違《ちが》う……。

「王都の皆様《みなさま》、ご安心ください！　無事、聖樹は浄化されました！」

声を拡散する魔法《まほう》のアイテムにより、ダイアナの声が広場に響《ひび》いた。違和感の正体が分からないまま、ダイアナの浄化は終わってしまった。

拍手《はくしゅ》と共に割れるような大歓声が沸《わ》き上がる中、続けてアーロン様の宣言が広がった。

「聖女ダイアナによって、七つある聖樹のすべてが浄化された！　魔物の襲撃《しゅうげき》に怯《おび》える日々は終わったのだ！　サリスウィードは平和を取り戻《もど》した！」

浄化のすべてがダイアナの功績であるような言葉を聞いて、私は愕然《がくぜん》とした。

アーロン様は私の婚約者《こんやく》だ。三年に亘った浄化の旅を共にし、誰よりも私を支えてくれた人だ。一番近くで私の努力を見て来た人だ。それなのに……！

たった半年前に仲間になったダイアナの方を本物の聖女だと認めるの？　問いかけるようにアーロン様を見つめていると目が合った。何故《なぜ》か冷たい目で私を見ている。

「……どうしてそんな目で私を見るの？」

戸惑《とまど》っているうちに、目をそらされてしまった。

「あなたは聖女失格です」

そばにいる騎士が、私に向けて呟《つぶや》いた。その声に反応して周囲を見ると、私を囲む騎士達はみんなアーロン様のように冷たい目で私を見ていた。

私は何も悪いことをしていない。どうしてこんな目に遭《あ》っているのか分からない。

「……いったい何が起こっているの？」

ダイアナを称《たた》える歓声の中、私は呆然《ぼうぜん》と立ち尽《つ》くすしかなかった。

一章　奪われた場所　奪い取った場所

淀《よど》んだ空気の中を進む。隣には第二王子アーロン様。そして、背後には屈強《くっきょう》な騎士達。

前方に聳《そび》えている巨木《きょぼく》は、かつては神々《こうごう》しい光を放っていた聖樹だ。だが、今は瑞々《みずみず》しさをなくし、暗く重い空気を放っている。

瘴気《しょうき》が溜《た》まり、穢《けが》れてしまった聖樹の正面で私は足を止めた。

「コハネ、よろしく頼《たの》む」

アーロン様の声掛《こえか》けに、私は力強く頷《うなず》いた。必ずこの聖樹を浄化してみせる。

「黒の聖女様……どうか聖樹を……我らをお救いください！」

少し離《はな》れたところには、儀式《ぎしき》を待ち望んでいた近隣《きんりん》の村に住む人々が集まっていた。

本来、瘴気を中和する聖樹の近くは安全だ。だから、村はずっと平和だったが、この数年は魔物が現れるようになっていた。

最近では魔物の出現が日常化していたため、怯える日々が続いていたという。

村人達の表情は暗く、疲労《ひろう》が見える。早く安心させてあげたい。

「では、聖樹の浄化を始めます」

私の声が静かに広がった。だが、その直後――。

「魔物だ！　魔物の群れが接近中！」

騎士の声に振《ふ》り向くと、背後に広がる草原に狼《おおかみ》型の魔物の群れが見えた。

リーダーらしき大型の魔物を先頭に、三十匹程《ぴきほど》の魔物がこちらに向かって来る。

村人達は悲鳴を上げて逃《に》げ出そうとしたが、その瞬間《しゅんかん》に青い光が私達の周りを包んだ。

何事かと足を止める村人達に、黒衣の男が呼びかけた。

「結界を張った。魔物の餌《えさ》になりたくなければ、ここでジッとしていろ！」

その言葉を聞いて動かなくなった村人達を見ると、男は満足げに頷いて私を見た。

「俺は騎士達と魔物を始末してくる。お前もボーッとしていないで、気にせず進めろ」

……誰に対しても、もう少し優《やさ》しい言い方はできないものか。黒衣の男――魔法使いのセインの口の悪さにため息をついた。

「コハネ、あちらはセインに任せよう。オレはここにいる。安心してくれ」

アーロン様の頼もしい言葉に頷き、私は浄化を始めることにした。

意識を集中し、祈りを捧《ささ》げるように手を組む。

聖女のみが使える聖魔法の浄化を発動すると、聖樹を温かな白い光が包んだ。枯《か》れそうになっていた聖樹の葉が青さを取り戻していく――。

幹にも力強さが戻り、聖樹自身が放つ神聖な光も戻って来た。

「おお……」

見守っている村人達が感嘆《かんたん》の声をあげる。私は浄化が上手《うま》くいっていることに安堵《あんど》しながらも、聖樹を蝕《むしば》んだ瘴気をどんどん消していった。

完全に浄化を終えるまで、それほど時間はかからなかった。

「……浄化が終わりました。もう魔物が村を襲《おそ》うことはないでしょう」

私の言葉を聞き、村人達が駆け寄って来た。

「聖女様、ありがとうございます！　これで安心して暮らせます……！」

村人達は、みんな笑顔《えがお》になっていた。安堵で涙《なみだ》を流している人もいる。こうして喜んでくれている姿を見ると、聖女になってよかったと思う。

「浄化も問題なく終わったようだな」

魔物の討伐《とうばつ》を終えたセインが戻って来た。気づけば周囲を覆《おお》っていた結界もない。

「今日は転ばずに済んだようでなによりだ」

「もう転びません！」

ニヤリと笑うセインにムッとする。初めて浄化をした時、緊張《きんちょう》しすぎて転んだことを、儀式の都度にからかってくるのだ。

セインは、サリスウィードでトップクラスの魔法使いで、浄化の旅を共にする仲間だ。

細身の長身で、長い黒髪《くろかみ》。目の下にはいつもクマがある。全身黒で不気味だが、魔法については貴重なアドバイスをくれるし、悔《くや》しいけれどとても頼《たよ》りになる。

「魔法を無駄《むだ》に使ったり、余計なことをせずに休めよ」

微妙《びみょう》にトゲのあるありがたい言葉を残し、セインは離れて行った。

私が真顔で黒い背中を見送っていると、騎士達と話をしていたアーロン様が戻って来た。

「コハネ、お疲《つか》れ様。今日の浄化《じょうか》も見事だった」

アーロン様の笑顔を見て、今日の儀式も無事終わったと実感してホッとした。

出会った当初は、こんなに安心感を抱《いだ》く相手になるとは思わなかった。

私は日本で暮らすどこにでもいる普通《ふつう》の女子高生だったが、サリスウィードが行った『聖女召喚《しょうかん》』により、二年程前にこの世界にやって来た。

私を召喚したこの国では、『瘴気』という魔物を生み出す負のエネルギーを、『聖樹』と呼ばれる聖木が中和することで平和を保ってきた。

だが、長い月日の中で処理しきれなかった瘴気が聖樹に溜まり、中和機能が低下。

その結果、魔物が村や町にも出現するようになり、人々の暮らしが脅《おびや》かされ始めた。

聖樹の中にある瘴気を消す『浄化』ができるのは『聖女』だけ。だから、聖女召喚が行われたということだった。

私の両親は、もう十年ほど前に亡《な》くなっている。ずっと面倒《めんどう》を見てくれていた祖母も去年に他界しているので、帰りを待ってくれる家族はいない。

でも、会いたい友達や親戚《しんせき》はいるし、思い出がたくさん詰《つ》まった大事な家を放置したくなかった。だから、どうしても日本に帰りたかったが、元の世界に帰る方法はなかった。

アーロン様やサリスウィードの重鎮《じゅうちん》達に、「どうかこの国のために力を貸して欲しい」と懇願《こんがん》されたが、私から日常を奪った人達に協力する気にはなれず……。次第《しだい》に部屋に閉じこもり、塞《ふさ》ぎ込むようになった。

そんな私を支えてくれたのがアーロン様だった。

当時の私にとって、アーロン様は誘拐《ゆうかい》の主犯格。随分邪険《ずいぶんじゃけん》にしたのだが、それでも私の体調や精神面を誰《だれ》よりも気づかってくれた。

そして、真摯《しんし》に協力を求め続ける姿を見ているうちに、私の気持ちに変化が生まれた。

『どう足掻《あが》いても元の世界に帰ることはできないのだから、それなら聖女として人の役に立った方が良いのではないか。私にしかできないことがあるなら頑張《がんば》りたい。誰かの力になりたい』

そう思うようになり、聖女として使命を果たしていく決意をしたのだ。

ここは日本と違《ちが》って魔物《まもの》がいる世界だ。恐怖《きょうふ》や不安もあったが、アーロン様が「コハネはオレが守る」と言ってくれたから、浄化の旅に出る覚悟《かくご》ができた。

その後、アーロン様の方から婚約を申し込まれたときは驚《おどろ》いたが、この世界で誰よりも信頼《しんらい》していたから承諾《しょうだく》した。

そして、婚約を済ませ、サリスウィードにある七つの聖樹を浄化するための旅に出た。

今は五つ目の聖樹の浄化が終わったところで、残すはあと二つとなった。

「あとはオレに任せて、コハネはゆっくり休んでくれ」

「ありがとうございます。でも、もう少し村の人達の話を聞いてから休もうと思います」

旅を始めた当初の私は、浄化後は心身共に疲弊《ひへい》するため、アーロン様に頼りきりだった。

でも、今は私も様々なことで、人々の力になることができている。今日も疲れているけれど、少しでもみんなの期待に応《こた》えたいし、もう旅も終盤《しゅうばん》だ。

これまでアーロン様やセインにずっと頼っていたからこそ、二人にもいい加減安心して貰《もら》って、王都での浄化に臨《のぞ》めるようにしたい。

「そうか。……村人もオレより、聖女に話を聞いて貰った方が安心するだろう」

「アーロン様？」

「……いや。無理をするなよ。オレは騎士《きし》達と話してくる」

少し元気がない様子のアーロン様が気になったが、再び私は村人達に囲まれた。

彼らの話を聞き、体の不調を訴《うった》える人には回復魔法《まほう》をかけてあげたりと、できるかぎりの協力をしたあと、私は宿に戻《もど》って体を休めた。

そして、次の聖樹へ向かうため、移動を開始した数日後――。休憩《きゅうけい》のために立ち寄った町で、私達の旅に大きな変化が起こった。

「私に聖女が務まるでしょうか」

今まで私とアーロン様だけだった馬車に、新しく聖女と認定《にんてい》された女性が加わったのだ。

ダイアナは薄《うす》い茶色の髪《かみ》に赤い目。色白で儚《はかな》い印象の美人だ。高校一年生の頃《ころ》に召喚されてもうすぐ一九歳になる私より、二つ年上だという。

そして、異世界人の私とは違い、この世界の人間だ。史実に基《もと》づき、聖女は異世界人だけだと思われていたが、ダイアナは魔物が出現した場所に漂《ただよ》っていた瘴気《しょうき》を払《はら》ったそうなので、間違《まちが》いなく浄化の力を持っている。

国でも浄化の力だと確認が取れたので、私達の旅に加わることになったのだが、サリスウィードの庶民《しょみん》だったダイアナは、急に聖女という大役を担《にな》い、戸惑《とまど》っていた。でも、ちゃんと使命を果たそうとする姿勢は立派だし、謙虚《けんきょ》で可愛《かわい》らしい人で、好感を持ったのだが……私は何故《なぜ》か胸騒《むなさわ》ぎがした。

「国に力を認められているのだ。胸を張れ。何かあればオレを頼るといい」

私が塞ぎ込んでいた時のように、アーロン様がダイアナを励《はげ》ましている。

私はまだ体調が万全《ばんぜん》ではなかったため、眠るように目を閉じていた。ぼんやりとしながら二人のやり取りを聞いていたが、いつの間にか本当に眠ってしまっていた。

　そして目覚めた時には、次の目的地であるリノ村に着いていた。

「コハネ、ここの聖樹の浄化は、ダイアナに任せようと思う。最終となる王都での浄化に向けて、君はゆっくり休んでいてくれ」

　この地の聖樹も浄化するつもりだった私は、アーロン様の言葉に一瞬《いっしゅん》戸惑った。でも、私は体を休めることができるし、ダイアナは聖樹の浄化を経験できる。一石二鳥だ。

「分かりました。お言葉に甘えて私は休ませて貰いますね」

　そう言って二人と別れたのだが……。

「儀式《ぎしき》に集まって来た方々へは、どのように振《ふ》る舞《ま》えばよいのでしょう……」

「君は儀式に集中してくれ。他《ほか》のことはオレが担おう」

「頼《たの》もしいです……！　アーロン様のような素晴《すば》らしい方がそばにいてくださって、とても心強いです。あっ、一度聖樹を見て来てもいいですか？」

「もちろんだ。一緒《いっしょ》に行こう」

　寄り添《そ》って歩いて行く二人の背中を見ていると、言いようのない寂《さび》しさに襲《おそ》われた。

　あとから思えば、この時にもっと深く考えるべきだったのかもしれない。

　それからダイアナの浄化は問題なく終わり、私も体を休めることができた。リノ村を出発し、道中に魔物に襲われた人々の手当などをしながら王都に無事帰還《きかん》。残すは最終浄化のみとなった。

　王都の聖樹を浄化する最終浄化の儀式は、聖女がすべての聖樹の浄化を終え、国に平和を取り戻《もど》したことを広く知らしめるため大勢の国民の前で行われる。千年近く前、聖女召喚によってサリスウィードにやって来た初代聖女テレーゼの頃から続く特別な儀式だ。

　この儀式を終えることで、初めて本当の意味で聖女として認められる。

最後の聖樹は王都の外れにあるのだが、儀式は王都の広場で行われる。国民達に見せることで安心感を与《あた》え、ひいては王家の支持を高めたい、ということのようだ。

　一度広場を下見してきたが、最終浄化を見るために、王都外からも人が訪《おとず》れているようで活気が凄《すご》かった。「ここで国民に見守られながら儀式を行うのか」と思うと緊張《きんちょう》した。でも、浄化をやりとげれば、やっとこの三年の努力が報《むく》われることになる。しっかりと成功させ、みんなを安心させてあげたい。

　そして万全の状態で迎《むか》えた儀式前夜、緊張でなかなか眠れずにいると誰かが私の部屋を訪れて――。

「ふふっ。……安心して、『すべて』私におまかせくださいね」

――パチッ

勢いよく瞼《まぶた》が開いた。しばらく頭がボーッとしていたが、城内にある私室のソファで眠っていたようだ。

「私、何をしていたっけ？」

直前に何をしていたか記憶《きおく》がない。夕方になり、部屋に戻ってきたことは覚えている。

思い出すために部屋を見回していると、窓の外が明るいことに気がついた。

「………………え？　まさか、日付が変わっている⁉　もう王都での儀式当日だわ！」

しかも、時計を見ると、儀式開始の直前だった。どうしてこんなことになったのか分からないが、とにかく儀式に行かなければならない。

「急がなきゃ！　……あれ？　出られない。封印《ふういん》されている？」

扉《とびら》を開けようとしたが、鍵《かぎ》ではなく魔法で施錠《せじょう》されていることに気がついた。

でも、魔法で解除することができたので、そのまま部屋を飛び出した。

「…………っ⁉　出て来たぞ！　捕《つか》まえろ！」

廊下《ろうか》に出た私を、見覚えのある騎士達が取り囲んだ。そして腕《うで》を拘束《こうそく》された。

「何をするの！　離《はな》してよ！」

「アーロン様から、あなたを儀式に連れてくるように言われています」

「！」

騎士達を見ると、確かにアーロン様の部下達だった。

罪人のように捕《と》らえられて焦《あせ》ったが、儀式の場に連れて行ってくれるなら従おう。

そう思い、大人しく騎士達の指示に従った。馬車ではなく、騎士と一緒に馬に乗せられ王都を進む。落ちそうで怖《こわ》いけれど、文句を言えそうな空気ではない。

騎士達の態度が異様に冷たいし、儀式に遅《おく》れてアーロン様は怒《おこ》っているだろうか。でも、説明すればきっと分かってくれるはずだ。

そう思っていたのだが……私の期待はすべて打ち砕《くだ》かれた。

旅の集大成として臨んでいた王都での最終浄化《じょうか》はダイアナによって成され、それまでの成果もダイアナのものにされてしまった。

今まさに私の目の前で、ダイアナが王都の最終浄化を終え、国民の割れんばかりの歓声《かんせい》を浴びている。

「聖女ダイアナによって、七つある聖樹のすべてが浄化された！　魔物《まもの》の襲撃《しゅうげき》に怯《おび》える日々は終わったのだ！　サリスウィードは平和を取り戻した！」

そして、ダイアナを聖女だと認めるアーロン様の言葉に、頭が真っ白になった。衝撃《しょうげき》のあまり気がつくと私は騎士の手をすり抜け地面に膝《ひざ》をついていた。

それから何を言われたのかあまり覚えていない。とにかくダイアナとアーロン様と話をしなければ、という思いだけが頭の中をぐるぐると巡《めぐ》っていた。

儀式が終わり、広場から少し離れたところにある宿の一室に連行された私を待っていたのは、婚約者《こんやく》であるアーロン様の怒声《どせい》だった。

「コハネ・アマカワ！　どうしてダイアナに儀式を押しつけた！」

「…………え？」

前触《まえぶ》れもなく怒鳴《どな》られ、私は目を丸くした。旅の中でケンカをしたこともあったけれど、こんな風に一方的に怒鳴られたことは今まで一度もなかった。

儀式直後は呆然《ぼうぜん》としていた私だが、今は少し冷静さを取り戻している。聞きたいことは山ほどあるが、怒鳴りつけられるようなことをした覚えはない。

「騎士達も言っていたけれど、私が儀式を押しつけたって何のこと？」

「とぼけるな！　旅の仕上げとなる王都での最終浄化——。最も重要な儀式を民衆の前で行うのは、確かに大変なことだろう。だからと言って、聖女として目覚めて間もないダイアナに責務を押しつけ、自分は逃《に》げるなど恥《はじ》を知れ！　見損《みそこ》なった！」

「何を言っているの？　私、そんなことをしていないわ！」

「では、どうして部屋に閉じこもった！　わざわざ誰《だれ》にも解けない封印を施《ほどこ》してまで！」

確かに魔法《まほう》で封印されていたが、私は簡単に解くことができた。でも、他の人は解除できなかったようだ。どういうこと？

「確かに部屋も封印されていたけれど、私がしたんじゃありません」

状況《じょうきょう》に混乱したが、それよりも一方的に責められるなんて納得《なっとく》がいかない。

「どうして私を信じてくれないの⁉　三年間、大変な思いをして頑張《がんば》ってきたのに、最後に逃げたりするわけがないじゃない！　ずっと一緒にいたのに分からないの⁉」

誰よりも私の努力を見ているはずなのに、分かってくれないなんて悔《くや》しい。

「だ、だが……逃げたのではないなら、どうして出て来なかったのだ！」

思わず涙《なみだ》が零《こぼ》れた私を見て、アーロン様は戸惑っている。

「私だって分からないわ。昨日の夜、ダイアナが部屋にやって来て……」

そう話していると記憶が蘇《よみがえ》ってきた。そうだ、私はダイアナと一緒にいたのだ。

「ねえ、ダイアナに話を聞きたいわ！」

「……私はここにいます」

声の元を辿《たど》ると、ダイアナはアーロン様の背中に隠《かく》れるようにして立っていた。

いやに近い二人の距離感《きよりかん》が気になったが、今は私への誤解を解くのが先決だ。

「あなたが部屋に来てくれた後、私はどんな様子だった？　ダイアナはいつ帰ったの？」

「…………っ」

私が一歩踏《ふ》み出すとダイアナは怯えた。すると、アーロン様と騎士《きし》達は彼女を庇《かば》うように、私の行く手を阻《はば》んだ。私を危険人物のように扱《あつか》う態度にムッとした。

「わ、私は、コハネ様と一緒にお茶を飲んだあと、普通《ふつう》に挨拶《あいさつ》をして帰らせて頂きました。コハネ様も部屋の扉まで見送ってくださったではありませんか」

「本当に？　見送った覚えはないけれど……」

「コハネよ。まさか、ダイアナのせいにするつもりではないだろうな？」

「そういうわけじゃ……。ちゃんと話を聞きたいだけです！」

「最後の記憶がダイアナとの談笑《だんしょう》。記憶は途切《とぎ》れ、気づけば儀式《ぎしき》の時間が過ぎていた——。まるでダイアナに何かをされたような口ぶりではないか」

「そんな意図はありません。事実を言っただけです。でも、見送った記憶なんて本当にないのです。ダイアナ、あなたの言っていることは確かなの？」

私には聖女としての誇《ほこ》りがある。「儀式を押しつけた」だなんて、不名誉《ふめいよ》な疑惑《ぎわく》をかけられたままでは納得いかない。絶対に真相を暴《あば》いてやる！

そう意気込んでいると、私と視線を合わせていたダイアナが涙を流し始めた。

「コハネ様は、私を疑っているのですか？　私、聖樹の浄化はまだ二回目で、たくさんの人に見られていて怖かった……。それでも、必死に頑張ってやりとげたのに……！」

ダイアナは涙ながらにそう語ると、部屋を出て行ってしまった。

残された私達に流れる空気は最悪だ。アーロン様の後ろには騎士達が待機しているが、彼らの目もアーロン様の目も、私を責めている。

「やはり今の君は、聖女として失格だ」

「…………え？」

「これからはダイアナが全面的に聖女として民《たみ》の前に立つだろう。今日の儀式で、民も聖女とはダイアナのことだと認識《にんしき》したはずだ」

絶望と怒《いか》りで、ふらりと倒《たお》れそうになった。でも、今言い返さないと一生後悔《こうかい》する。

「今までの私の努力を、全部明け渡《わた》せということでしょうか。私がどれだけ頑張ったか、誰よりも知っているあなたがそれを言うの？」

まっすぐにアーロン様を見据《みす》えると、彼は私の視線から逃《のが》れるように顔をそらした。

「……君の努力には感謝している。これまで通り生活も保障するし、聖樹を浄化したことに対する褒賞《ほうしょう》も与《あた》える。これからもその力をこの国のために、民のために使って欲しい。そして、ダイアナの補助をしてやってくれ」

「浄化の大半は私がしたのに、私は聖女として表に出ず裏で補佐《ほさ》をしろと？　馬鹿《ばか》にしないでください。それに褒賞なんていらないから、何があったかちゃんと調べて！」

扉に施されていたのはどういう封印だったか、どうして私は眠《ねむ》ってしまったのか。

それらを解明できれば、ことの真相が分かるはずだ。

「何をどう調べろと言うのだ？　君は部屋から出てこなかった。それがすべてだ」

「調べてくれないなら、私はもうこの国のために何もしません」

「………………。所詮《しょせん》その程度か」

「？」

「ダイアナが聖女として認められたことが気に食わないのだろう？　称《たた》えられるのが自分ではないから、サリスウィードの人間が困ってもいいと思っているのではないか？」

「……アーロン様。あなたは、さっきから何を言っているの？」

私は聖女として務めた三年間を認めて欲しいだけだ。どうしてそれを分かってくれないのだろう。私の気持ちも何もかも否定するアーロン様の言葉を聞いて、何を言っても無駄《むだ》なのか、と気持ちが冷めた。言葉にすることも馬鹿らしくなってきて、私は口を噤《つぐ》んだ。

「君はダイアナより自分が優《すぐ》れていると思っているようだな？　ダイアナは聖女として認められたのが遅《おそ》かっただけで、能力的には君より優秀《ゆうしゅう》だ。君は儀式の度《たび》に疲弊《ひへい》していたが、ダイアナは前回も今回も、体調不良を起こしていない」

「え？」

そういえば、先ほど見たときも、普段《ふだん》と変わらない様子だった。最も大きい聖樹を浄化したのに、ダメージがないなんて信じられない。ダイアナの浄化《じょうか》には違和感《いわかん》があったし、今日の儀式はちゃんと終わったのか疑問が浮《う》かんだが……もう私には関係のないことだ。

「ダイアナが優秀だというのならば、すべて彼女に任せればいいでしょう。私はもう、あなたのために、そしてこの国のために身を削《けず》ることはしません。さようなら」

もうこの国にいる必要はない。私には聖女としての能力があるから、どこに行っても生きていけるだろう。

歩き出した私の腕《うで》をアーロン様が摑《つか》んだ。

「どこへ行く」

「どこでもいいわ。ここではない国」

「その力はこの国で生かすべきだ。君を召喚《しょうかん》したのはサリスウィードだ」

「でも、もうダイアナがいるから聖女はいらないのでしょう？　いいように使われるだけの生活なんてまっぴらよ！」

アーロン様の腕を振《ふ》りほどいて歩き始めたが――。

「……コハネを黒の塔《とう》へ連れて行け」

「！」

指示を受けた騎士達が私を取り囲む。黒の塔は「罪を犯《おか》した要人の牢《ろう》」といえる場所だ。そんなところに入れられたら、自分では身動きが取れなくなってしまう。

逃げようとする私の行く手を騎士達が阻んだ。

「私は何もしていない！」

「国外に行くというのなら塔にいて貰《もら》うしかない。君との婚約《こんやく》も破棄《はき》だ」

突然《とつぜん》告げられたことに思わず固まった。でも、私の返事はすぐに決まった。

「私の方からお断りだわ！」

そう叫《さけ》ぶと、何故《なぜ》かアーロン様は傷ついたような顔をした。

「……オレは、ダイアナと婚約することになるだろう」

婚約破棄を言い渡した相手に、新たな婚約者を告げるなんて信じられない。

「今回のことは残念だったが、君は婚約破棄をしても生きていける強い女性だ。だが、ダイアナは違《ちが》う。聖女として生きていく彼女には支えが必要なんだ」

「あなたは強いから大丈夫《だいじょうぶ》」だなんて、別れ言葉の中ではトップクラスで最低な言葉だ。

今の言葉を聞いて、この出来事がなくても、私は捨てられていただろうと悟《さと》った。

聖女が二人いれば国益になるのに、私を裏に回そうとしたのは、ダイアナとの婚約を正当化するためかもしれない。

そうなると、私が最終浄化をしないように閉じ込めたのはアーロン様？　もしくはアーロン様の新しい婚約者のダイアナだ。

「連れて行け」

アーロン様は騎士達に指示を出すと部屋を出た。それと同時に騎士達が私を取り囲む。

「……コハネ様。見損《みそこ》ないました」

私を連行しようとしている騎士の一人が呟《つぶや》いた。見覚えがある顔だ。

「……あなた、ウエストリーで警護をしてくれた騎士さん？」

「そうです。レイモンです」

浄化のために立ち寄った町では、警護のために地元の騎士がついてくれることがある。

レイモンさんは、ウエストリーという町で私を守ってくれた騎士だった。

「王城に配属になったの？」

「そうです。あなたの浄化に感動して……。聖女様の力になりたくて志願しました」

「……そう」

「どうして、ダイアナ様に使命を押しつけるようなことをなさったのですか！　ウエストリーを救ってくれたあなたは――」

「さっきのやり取りを見ていたでしょう？　私、信じてくれない人とは話したくないの」

「…………っ」

拒絶《きょぜつ》すると、レイモンさんが戸惑《とまど》った。周囲の騎士達も同じ様子だ。

……逃《に》げるなら今だ！　私は聖女の『聖魔法《まほう》』で、目くらましの光を放った。

「くっ、目がっ……！　何が起こった⁉」

騎士達の間をすり抜《ぬ》けて宿を飛び出すと、広間に残った人混《ひとご》みの中に紛《まぎ》れた。騎士達が追って来るが、なんとか逃げ切りたい。でも、私の足では追いつかれそうだ。

振り切るために、私は目に入った細い路地裏に入った。とにかく姿を隠《かく》そう。

「……なんとしてでも逃げてやる。誰《だれ》の指図も受けず、静かに暮らすんだから！」

「逃げられると思ったのか？　相変わらず勢いだけで浅はかだな」

「⁉　……あれ、セイン？」

誰もいないと思っていたのに、話しかけられて肝《きも》が冷えたのだが、よく見ると暗がりにセインの姿があった。……セインも私を捕《つか》まえようとしているのだろうか。

「そう簡単に国外まで逃げることができると思うか？　すぐに連れ戻《もど》されるぞ」

「やってみないと分からないじゃない！　事情は分かっているようだけど、セインも私がダイアナに儀式《ぎしき》を押しつけたと思っているの？」

私の質問に、セインはまっすぐな目を向けてきた。私を見定めているような目だ。

「こちらの世界に来たばかりのお前は、確かに反抗的《はんこう》で何の役にも立たなかった。だが、腹を括《くく》ってからのお前は……よくやってくれていた」

喜んでいいのか、落とされる前兆だと構えた方がいいのか分からない。

「お前と第二王子のやりとりをこっそり聞いていたが……」

「え、盗聴《とうちょう》していたの？　聞いていたなら、どうして話に入ってきてくれなかったのよ！　セインが仲裁《ちゅうさい》してくれたら、せめてまともに話し合えたかもしれないのに」

「傍観者《ぼうかん》という立ち位置が最も状況把握《じょうきょうはあく》に適している」

思わず口を尖《とが》らせる。セインはこういう人だったことを思い出した。

「聖女であるお前を眠らせた方法が謎《なぞ》だ。お前には状態変化の魔法や薬は効かないはずだ。ダイアナは信用ならないが、お前の主張に確証が持てない限り、お前も信じない」

どうやらセインは、ダイアナと私を公平に疑って判断をしようとしているようだ。

ちゃんと事実を知ろうとしてくれている。それは私が何よりも望んでいることだ。

「うん。無条件で信じてくれなくていい。セインが正しいよ」

真実が明らかになったら、セインは私の力になってくれるだろう。……多分。

「……お前の婚約者だったあの脳筋は、無条件で信じるべきなのだがな」

「うん？」

「いや、何でもない。王都を出たいなら逃がしてやる」

「え、いいの？　セインが責められたりしない？」

しばらくは大人しくしろと言われると思っていた。まさかの申し出に目を見開く。

「バレるようなヘマはしない。俺の心配より、自分の心配をしろ。お前の『誰にも利用されず、ひっそりと暮らしたい』という願いを叶《かな》えられる場所があるだろう。お前以外には入ることができない場所が。そこにいるといい」

「私だけ？　そんな都合の良い場所……あ！　『聖域』ね！」

王都の近くには、聖女だけが入ることができるという森――聖域がある。

そこなら誰も私を捕まえに来ることができない。

「でも、ダイアナが来たら……」

「あれが入ってくることができたなら、返り討《う》ちにすればいい」

「入ってくることができたなら？」

セインの言い回しに少し引っかかったが、確かに追いかけてきても、返り討ちにすればいいと納得《なっとく》した。聖女の力は浄化だけじゃない。

旅の中、危険なこともたくさんあったし、ダイアナには負ける気がしない！

「行け。しばらくお前の姿が見えなくなるように魔法をかけてやる。時折連絡《れんらく》を取るから、困ったことがあれば言え」

「セイン……！」

見た目も中身も怖《こわ》いと思っていたセインが、困ったときに一番優《やさ》しくしてくれるなんて思ってもみなかった。アーロン様のことといい、私は見る目がないのかもしれない。

「ありがとう！　ツンデレセイン！　いつかきっと恩返しするから！」

「さっさと行け！」


無事、王都を抜け出すことができた私は、暗い森の中を進んでいた。足が痛いけれど、気にしてはいられない。追っ手が来るまでに聖域に入らなければ……。

「この世界のためにがんばったのに、こんな目にあうなんて！」

歩きながら考えたが、私はダイアナに嵌《は》められたのかもしれない。ダイアナが部屋に来た頃《ころ》から記憶《きおく》がぷつりと途切《とぎ》れているし、無意識で見送りをしたなんて信じられない。

ダイアナとはそれなりに仲良くしていたし、同じ役目を持つ者として友情を感じていた。でも、それは私だけだったようだ。怒《いか》りと悲しみで押しつぶされそうだが、今はとにかく進むしかない。

「確かこの辺りのはずだわ」

私が目指している聖域は、王都や聖樹からそう離《はな》れていない。

『遠い昔、魔獣《まじゅう》を倒《たお》して国を守ったが、死にゆく魔獣に呪《のろ》われ、魔物の姿になってしまった騎士《きし》達が眠《ねむ》っている』という伝説がある場所だ。

伝説にある『魔獣』は普通《ふつう》の魔物とは違ったようだ。獣《けもの》の形をしているが、肉体のない悪意の塊《かたまり》だったとされている。そんな魔獣を倒した騎士達はすごい。でも、呪われて魔物の姿になってしまったため、聖域で余生を暮らしたなんて悲しい話だ。

「あ、あれは……。見つけた！」

暗闇《くらやみ》の中、目には見えないけれど、不思議な存在感を放つ壁《かべ》を発見した。

壁というより、森の一帯を包んでいる膜《まく》、という感じだ。これが結界なのだろう。

聖女のみ入ることができると言われているが、実際のところは分からない。思い切って「えいっ」と腕《うで》を突《つ》っ込んでみると、何事もなく通過することができた。

どうやら結界の話は本当のようだ。追っ手が入って来られないなら安心だが、念のためなるべく聖域の奥に行き、生活できそうなところを探したい。

「…………あっ！」

しばらく進んでいると、疲労《ひろう》が限界に達したのか、足がもつれて転んでしまった。

「うっ……。はあ……もう無理……」

痛みと疲《つか》れで起き上がることができない。もう、このまま休んでしまおうか。

でも、地面に顔をつけたままなのは嫌《いや》だ。力を振《ふ》り絞《しぼ》り、なんとか仰向《あおむ》けになった。

「……アーロン様の馬鹿《ばか》」

目を閉じると、今日の出来事が蘇《よみがえ》ってきた。

「こんな世界、大嫌《だいきら》いよ」

縁《えん》もゆかりもないこの世界に尽《つ》くした結果がこの仕打ち。神様がいるなら訴《うった》えてやる。

怒りは増していくのに、意識が遠のいていく――。

「グオッ？」

……えっ？　今、確実に魔物の声が聞こえた。聖域に魔物がいるなんて予想外だ。

飛び起きようとしたが、身体《からだ》が思うように動かないし、意識も途切れていく。

かろうじて動かすことができたまぶたを開けると、そこには……。

「…………!?」

魔物の姿はなかったが……魔物以上に破壊《はかい》力のある光景が広がっていた。

私を囲むように立ち、見下ろしているのは白銀の鎧《よろい》をまとった五人の美男子だ。

茶色の髪《かみ》に緑の瞳《ひとみ》の快活そうなイケメン。水色の髪に灰色の瞳の透明感《とうめいかん》のある美少年。

赤色の髪に橙《だいだい》の瞳の目つきが鋭《するど》い美形。桃色《ももいろ》の髪に菫色《すみれいろ》の瞳の妖艶《ようえん》な麗人《れいじん》。そして、この美形揃《ぞろ》いの中でも一番目を惹《ひ》くのは、輝《かがや》くような金色の髪に蒼《あお》い瞳の美青年だった。

もしかして死に神だろうか？　これだけ美形だと逝《い》ってもいいかな、と思ってしまう。

残念なのは……。

「バウバウバウ！」

「ギギギギッ」

「プ！　プッ、ピッ！」

「ヒュルーンヒュウー」

「グルルルッ」

イケメン達の声が、何故《なぜ》か汚《きたな》い。残念すぎる！

そもそも、何を言っているか全く分からないし、魔物のような声だ。

(声までイケメンであって欲しかった――)

そんなことを考えながら、私は意識を手放した。

第二王子の私室――。

つい最近まで、アーロン様の隣《となり》にいるのは、聖なる力を持った黒髪《くろかみ》の女だった。

でも今、アーロン様と共に豪華《ごうか》なソファに体を沈《しず》めているのは私だ。

『聖女ダイアナ』

そう呼ばれるようになった私が、この場所を勝ち取ったのだ。

「報告に上がりました」

部屋にやって来た騎士が、アーロン様の隣に座る私をチラリと見た。私の前で話していいのか躊躇《ちゅうちょ》していたようだが、アーロン様が止めなかったので話し始めた。

さあ、聞かせて？　私にすべてを奪《うば》われた敗者がどうなったのかを――。

「コハネ・アマカワは聖域に逃げ込《こ》んだようです。追跡《ついせき》を試みましたが、見えない壁のようなものに阻《はば》まれ、我々は聖域に入ることができませんでした」

聖域！　厄介《やっかい》なところに逃げられてしまった。舌打ちしたくなったのを我慢《がまん》する。

今の私は『心優しく見目麗《みめうるわ》しい聖女様』で、『貧しくてみすぼらしい小娘《こむすめ》』ではない。

私は身寄りがなく、教会が運営する施設《しせつ》で育ったため苦労が多かった。今まで身分が高い者には散々馬鹿にされてきた。

　必死に生きてきたのだから、これからはちやほやされても許されるはず！

　コハネは、元の世界でも食べ物にも困らず、教育を与《あた》えられる裕福《ゆうふく》な暮らしをしてきたようだし、この世界での立場くらい譲《ゆず》って貰《もら》ってもいいでしょう？

「コハネは聖域に入ったか……。やはり、聖女であることは間違《まちが》いないようだな」

「アーロン様……」

　やはりコハネをそばに置こう、などと言われては困る。アーロン様の庇護欲《ひごよく》をくすぐるよう、「私を捨てないで」という表情を見せて体を寄せた。

「心配するな。ダイアナはコハネを越《こ》える聖女となるだろう」

「そうなれるよう、努力いたします」

　思惑《おもわく》が上手《うま》くいったようだ。殊勝《しゅしょう》な態度を取りつつ、心の中ではほくそ笑《え》んだ。

　そんな私にアーロン様は満足したようで大きく頷《うなず》き、騎士との会話を再開させた。

「聖域は森が広がるばかりで何もない。そのうち、別の場所に移ろうとするはずだ。聖域の周囲を監視《かんし》し、出てきたところを捕《つか》まえろ」

「承知しました」

　アーロン様に礼をし、騎士は退出した。扉《とびら》が閉まると、アーロン様はソファの背もたれに背を倒し、大きく息を吐《は》いた。アーロン様の肩《かた》に寄りかかり、怯《おび》えたフリをする。

「コハネ様が逃亡《とうぼう》するなんて……。私のことを恨《うら》んで、何か企《たくら》んだりしないかしら」

アーロン様にはもっと私に入れ込んで、協力して貰わないといけない。

思い通りに動かすため、色々と話を吹《ふ》き込もうとした、その時――。

「恨まれるようなことをしたのか？」

扉の方から声が聞こえた。誰《だれ》？　驚《おどろ》いて顔を向けると、そこには魔法使《まほうつか》いのセインと、綺麗《きれい》な男性がいた。

「兄上!?」

アーロン様が声を荒《あら》らげて立ち上がった。兄上ということは、この美しい男性は、第一王子で王太子のメレディス様!?

「あ、兄上……お身体の具合が悪いのでは!?　動いて大丈夫《だいじょうぶ》なのですか!?」

メレディス様は病弱で、ベッドから起き上がることもできないと聞いていた。

だから私もお目にかかったのは初めてだ。金の髪に紫《むらさき》の目はアーロン様と同じだが、印象が全く違《ちが》う。アーロン様は粗野《そや》なところがあるが、第一王子様には一切《いっさい》ない。

お姿から佇《たたず》まいまですべてが洗練されている。素敵《すてき》！　アーロン様よりメレディス様に取り入ればよかったと見つめていると、目が合った。胸が躍《おど》ったが、それは一瞬《いっしゅん》で……。

「………」

「…………っ！」

優《やさ》しい目をしているのに、心の内をすべて見透《みす》かされるようで恐怖《きょうふ》を感じた。

この方に取り入るのは不可能だ、と直感で悟《さと》った。メレディス様の視線がアーロン様に移ったので、私の緊張《きんちょう》は解けたが……まだまだ気を抜《ぬ》かない方がよさそうだ。

「やあ。アーロン。この通り、私は元気だよ」

「そ、そうですか……」

「おや？　喜んでくれないのかい？　私が元気だと困ることでもあるのかな？」

「い、いえ、そのようなことは……」

……私は困る。現国王は聖樹の浄化《じょうか》が終わったら、王位を譲るお考えだと耳にした。今はメレディス様が王太子だけれど、病弱で王にはなれないだろうと聞いていた。だから、浄化の旅を成功させたアーロン様の妃《きさき》になれば、私が王妃《おうひ》様になれると思っていたのに！

「兄上はどのようなご用件でこちらにお越しになったのですか？」

「用があるのは私ではないのだよ。暇《ひま》だったからセインについて来ただけなんだ」

「セイン？」

アーロン様の視線を受けたセインが私を見た。

「あの……私に何か？」

「コハネは本当に儀式《ぎしき》を押し付けたのか、そして、君の聖女としての能力を調べたい」

「それは……セイン様は私を疑っているということですか？」

目に涙《なみだ》を溜《た》め、セインを見つめる。これをすると、大抵《たいてい》の男は私に味方するのだが……。

「俺は自分の目で見たことしか信じないんだ」

セインには効かないようだ。メレディス様にも効いている様子がない。どうして？

「コハネの聖魔法《まほう》は、浄化だけではなかった。聖なる力を使い、色々なことができた。元の世界の知識を使って、ユニークな魔法も作り出していたな」

「え？」

セインの言葉に、私は驚いた。そんな馬鹿《ばか》な！　過去の聖女には病気を治したり、身体《からだ》の欠損を治す聖魔法を使った者もいたそうだが、あの女は浄化だけだと思っていた。

「生活をするための魔法は使えたが、火や水を少し出していたぐらいではないか。ユニークな魔法なんて、使っているところを見たことないぞ！」

アーロン様が声を上げる。

「他《ほか》の魔法を使うことで浄化に影響《えいきょう》が出ないよう、控《ひか》えていたのです。浄化は激しく魔力や体力を消耗《しょうもう》しますから。手助けしてやることができる俺の前では、色々使っていました。それにお忘れですか？　たくさんの荷物を持ち運べたのも、コハネのおかげですよ」

「そ、それは……」

私の味方をしようとしてくれたアーロン様だったが、コハネの聖魔法について思い当たることがあったようだ。

「ダイアナ、君は浄化しかできないのか？　浄化をしても全く疲《つか》れないほど、コハネより聖女としては優秀《ゆうしゅう》なのに？」

メレディス様も興味深そうに私を見つめている。まずい、なんとか言い逃《のが》れないと……。

「ダイアナもいずれ使えるようになる。まだ聖女として目覚めたばかりではないか」

アーロン様が私を庇《かば》い、セインに向かってそう言ってくれた。

「きっとそうです！」

この場を切り抜けさえすれば、誰かの力をまた複製すればいい。私には『能力複製』の固有魔法があるのだから。

魔法は大きく分けて三つ。学べば使うことができるようになる『一般《いっぱん》魔法』。そして、魔力が高い者が稀《まれ》に持つ、個人特有の『固有魔法』。最後は聖女が使う『聖魔法』だ。

聖魔法は浄化だけではない。聖女が使う魔法は、たとえ火を灯《とも》したり水を出したりする一般魔法のようなものでも、鑑定《かんてい》すれば聖魔法と出るらしい。まさか私がコハネの浄化の魔法を複製して、聖女に成り代わっただなんて誰にも分かるわけがない。

そう思っていたところに、部屋の扉をノックする音が響《ひび》いた。騎士《きし》から緊急連絡《きんきゅうれんらく》だ。

メレディス様とセインは退出する様子を見せないので、四人で報告を聞く。

「アーロン様。リノ村が魔物に襲《おそ》われたそうで……」

アーロン様が声を荒らげ、私も思わず目を見開く。リノ村は私が初めて浄化した場所だ。

「リノ村だと⁉」

「ダイアナ、君が浄化した小さな聖樹の近くだ」

「浄化してすぐなのに、魔物が出るなんておかしいね」

セインとメレディス様の言葉に焦《あせ》る。何故《なぜ》だ、能力の複製が完全ではなかった⁉

『能力複製』は、欲しい能力のことを考えながら握手《あくしゅ》するだけで行える。

あの女が聖女として旅を始めてすぐのころに、普通《ふつう》の町娘《まちむすめ》として出会い複製したきりだから力が弱まっているのだろうか。

「では、私達は失礼するよ。これから忙《いそが》しくなりそうだからね。私達も、君達も――」

私が混乱している間にセインとメレディス様は退出していった。

「ダイアナ……どうなっているのだ？」

「私にも分かりません。…………あ」

どう切り抜けるか考えていた私は、最良の答えを思いついた。

「もしかしたら、コハネ様が何か企んでいるのかも……」

「……なるほど。コハネの能力があれば、ダイアナがした浄化の妨害《ぼうがい》も可能か」

「アーロン様！　私、怖《こわ》い！」

「大丈夫だ、ダイアナ。オレが必ず君を守る」

単純なアーロン様のことはだまし続けることができそうだけれど、メレディス様とセインにも、これ以上疑われないようになんとかしなければいけない。

聖女ではない私は聖域に入ることができない。だから、なんとかコハネを聖域からおびき出して、再び能力を複製しよう。

二章　聖域の『魔物達』

チチチ、と鳥のさえずりが聞こえた。心地《ここち》よい風が頬《ほお》をなでていく。

ゆっくりと目を開けると、木の葉の間から優しい陽《ひ》の光が降り注いでいた。

周囲を見渡《みわた》すと、生き生きとした木々や花が見えた。

「とても綺麗なところね」

どうやら私は、木陰《こかげ》で横になっていたようだ。

聖域の奥へと向かっている途中《とちゅう》で行き倒《だお》れたはずだが、誰《だれ》かが運んでくれたのだろうか。

そういえば、薄《うす》れていく意識の中で、恐《おそ》ろしいほどの美形集団を見た気がしたけれど、彼らが助けてくれたのかもしれない。

でも、ここは聖女のみが入ることのできる聖域のはずだ。追っ手が近くにいる様子はないが、聖域が伝説通りの場所でないのなら、状況《じょうきょう》を確認《かくにん》した方がよさそうだ。

けもの道を見つけたので、それに沿って歩いて行くと、何やら建物が見えてきた。

「あれは……住居？」

木だけで造った山小屋のような建物で、ボロボロだが趣《おもむき》があっていい。

「隠《かく》れ家って感じで素敵《すてき》！」

勝手に侵入《しんにゅう》するのは気が引けたので、周囲をぐるりと回ってみる。裏手に行くと、木々の間に張られたロープに、ボロボロの布がたくさんかけられていた。

「洗濯物《せんたくもの》、だよね？」

どう見ても洗濯物を干しているように見えるのだが、布のサイズも形もバラバラだ。

複数人が生活していることは確かだと思うが、どういう人達だろう。絶対にあの美形集団のものではないことは確かだ。

洗濯物を眺《なが》めて考察していると、カサッと近くの茂《しげ》みから音がした。

ここの住人が帰って来たのだろうか。顔を向けるとそこにいたのは――。

「バウ！」

私とほぼ同じ背丈《せたけ》の人……だと思ったら、二本の足で立っている犬がいた。普通の犬とは違《ちが》い、牙《きば》が鋭《するど》く凶暴《きょうぼう》な顔――魔物のコボルトだ！

「ひっ……！」

短い悲鳴を零《こぼ》してしまったが、なるべく刺激《しげき》しないように慌《あわ》てて口を押さえた。

後ずさり、距離《きょり》を取りながら逃《に》げるタイミングを計ったが……。

「？」

なぜかまったく襲ってくる気配がない。

コボルトをよく見てみると、顔は怖いが凶暴な感じはしなかった。むしろ、私にどう接すればいいのか戸惑《とまど》っているように見えた。

そういえば、コボルトが腰《こし》に巻いている布が、干している洗濯物と似ている。

ここで暮らしているのはこの子？ どう見てもコボルトにしか見えないが、魔物にはない理性があるようなので、話しかけてみた。

「あの……もしかして、あなたが私を助けてくれたの？」

「！ バウバウ！ バーウ――――ッ！」

私の問いかけにコボルトは何度も頭を縦に振《ふ》り、嬉《うれ》しそうに吠《ほ》えた。忙《せわ》しなくフリフリと揺《ゆ》れる尻尾《しっぽ》が可愛《かわい》い！ 間違《まちが》いなく私の言ったことを理解している。

「ふふっ。ありがとう！」

「バフッッ!?」

笑いかけるとコボルトは驚《おどろ》いた様子で固まった。

尻尾もピタリと止まっていたが、すぐに動き出し「バオオオン！」と遠吠えをした。

「え？ な、何？」

「バウ！ バウバウバウ！」

なんだかテンションが高い。尻尾の揺れも激しさを増した。可愛いなと眺めていると、コボルトが私の背後に視線を向けた。つられてそちらに目を向けると――。

「ギギギッ」

「え……？　こ、今度はゴブリン⁉」

私の背後には、小さな子どもくらいの背丈のゴブリンが立っていた。赤黒い肌《はだ》に尖《とが》った耳。鋭い目つきで睨《にら》まれ、私は思わず再び固まった。

「バウバウ！　バウバウバウバウ！　バーウ！」

「ギ。ギギッギギギギィ、ギィギギィ」

魔物同士で会話をしている？　とても不思議な光景だ。

「バオーン！　バウッ、バウバウバウウウバウッ」

「ギ？　ギギッ……ギギッ……」

話が止まると、ゴブリンは心細そうな目を私に向けた。このゴブリンも襲ってくるような気配は全くないが、魔物とどうコミュニケーションを取ればいいのだろう。

戸惑っていると、ゴブリンは私に向かってとても丁寧《ていねい》な礼をした。左手は胸に、右手に持っていた木刀は背後に隠し、頭を下げる。この礼……。

サリスウィードの古い礼の仕方だと聞いたことがある。魔物なのにとても紳士《しんし》だ！

思わず私もすぐに頭を下げ、感謝を伝えた。

「あの、急にこちらにお邪魔《じゃま》してすみません。助けて頂いてありがとうございました！」

「！」

ゴブリンが目を見開いて驚いている。そんなに驚かせるようなことを言っただろうか？と首を傾《かし》げると、ゴブリンは私からプイッと顔をそらしてしまった。

ゴブリンの機嫌《きげん》を損《そこ》ねてしまったのかと焦ったが、コボルトが嬉しそうに尻尾を揺らしているので大丈夫《だいじょうぶ》そうだ。

「……………ギッ」

「バウ、バーウッ！」

ゴブリンの背中を、コボルトがバシバシと叩《たた》いている。ゴブリンはうっとうしそうにコボルトの手を払《はら》っているが、仲がいいことが分かる微笑《ほほえ》ましい光景だ。

「あ、そうだ！」

二匹《ひき》を見ていると、お礼になる良いものがあることを思い出した。

「あの、あなた達に服をプレゼントしてもいい？」

コボルトもゴブリンも、体に布を巻いているのを見ると、服に興味があるのだろう。

「バウ!?」

「ギッ!?」

二匹は驚いた様子を見せたが、嫌《いや》がってはいない。むしろ目がキラキラと輝《かがや》いている。

「いいのね？　じゃあ、早速《さっそく》用意してもいいかしら！」

私は『ポケット』という、なんでも無限に収納できる魔法《まほう》を持っている。

聖女が使える聖魔法とは、浄化《じょうか》や治癒《ちゆ》の魔法だと思われているが、とても便利なもので、オリジナルの魔法を作り出すこともできるのだ。

元の世界に帰る、という魔法は作ることができなかったので、何でもできるというわけではないが、生活を便利にするための魔法は大体作ることができた。

ポケットには旅に必要だったものや、気になって買ったものなど、手当たり次第《しだい》に色々と詰《つ》め込んである。

ゴブリンは子ども服、コボルトは古代ローマ人が着ていたような、体に巻き付ける感じの服だと着やすいだろうか。とにかく、いっぱい出して選んで貰《もら》おう。

私はポケットからいくつか服を取り出し、二匹の前に並べた。

「バウ!?」

「ギギギッ」

何もないところから突然《とつぜん》服が出てきたことに、二匹がとても驚いている。

「どれがいいか選んで？」

「「…………」」

「うん？　どうしたの？」

アイコンタクトでもとっているのだろうか。私の声は耳に入っていない様子だ。

「バウバウバウ!!」

「ギギ？　ギギギ、ギギギ？」

「え？　な、何⁉」

しばらく様子を見ていたら、二匹揃《ひきそろ》って私に何かを訴《うった》えてきた。でも、まったく分からない。私を指さし、手を合わせてお祈《いの》りのポーズをしては首を傾げているけれど……？

「えっと……『あなたは、おいのりができますか？』かな？」

「バーウ！」

「ギーギ！」

思いきり首を横に振られてしまった。不正解のようだが、さっぱり分からない。

「……あれ？」

何を言っているのか解読するため、二匹をジーッと見ていたら気がついた。

「あなた達……呪《のろ》われている？」

「！」

コボルトとゴブリンが、目を見開いた。

「悪いもののようだから、解呪《かいじゅ》してもいいかな？　私、これでも聖女なのよ？」

「！！！」

今度は二匹の頭の上に、たくさんのビックリマークが見えた気がした。でも、驚いたというより「ですよね！」という感じだ。

もしかして、さっきは私に「あなたは聖女？」と確認《かくにん》したかったのだろうか。

この聖域に入ることができるのは聖女だけだと知っている？　そもそも、魔物《まもの》なのになぜ聖域の中にいるのだろう。色々と気になったが、とにかく今は呪いを解いてあげたい。

「バ、バーウ……？」

「本当に解呪できるの？　って、聞いているのかな？　大丈夫よ、任せて！　呪いを解いてみせるから、ちょっと体を見せてくれる？　動かないでね」

私がそう言うと、二匹がビシッと直立した。

「ふふっ、そんなに硬《かた》くならなくて大丈夫だよ」

緊張《きんちょう》している様子が可愛くて思わず和《なご》んでしまったが、気を引き締《し》め直して観察する。

「これは……かなり質《たち》の悪い呪いね。こんなに重い呪いを受けて、今までたくさんつらい思いをしたでしょう？」

コボルトの体の中は、真っ黒な瘴気《しょうき》が蠢《うごめ》いているように見える。

「バウ」

「ギ」

二匹は「平気だ」と言っているように見えるが、つらい思いをしてきたはずだ。

「どうしてこれほどの呪いを受けることになったの？」

「バウッ！」

「……うん。聞いておいて申し訳ない。全然分からないよ！」

複雑な事情がありそうだが、なんだか誇《ほこ》らしげにしていることは分かった。

この二匹にとって、呪いは名誉《めいよ》の勲章《くんしょう》のようなものなのだろうか。

「とにかく、解呪を試みてみるわね。うーん、全体的に抑圧《よくあつ》しているような感じね。全能力を封《ふう》じているとか？　申し訳ないけれど、同時に解呪は難しいわ。今日はまず、あなたからやってみましょう！」

まだ解呪しやすいと感じたコボルトの正面に立ち、両手を出した。

「呪いを解くから、私の手を握《にぎ》ってくれる？」

「バ、バウッ。バウ？」

コボルトが自分を指差し、ゴブリンに何か聞いている。

「呪いを解いて貰うのは自分からでいいのか？」と確認しているようだ。

コボルトの質問に、ゴブリンは快く頷《うなず》いている。自分が先！と争うのではなく、お互《たが》いを思いやれる二匹は好感が持てる。

「待っていてね。あなたの呪いも魔力《まりょく》が回復したら必ず解くからね」

「ギ、ギギッ……」

微笑みかけると、ゴブリンは照れくさそうに顔を逸《そ》らした。暮らしぶりといい、仕草といい、二匹とも人間みたいだ。

「バウッ」

おずおずと差し出されたコボルトの手を握る。あ、肉球だ！

プニプニしているのかと思いきや、硬いけれど、これはこれで触《さわ》り心地《ごこち》がいい。

「バッ、バウー！」

「あ、ごめんね」

コボルトが戸惑《とまど》っている。つい魅惑《みわく》の肉球をモミモミして楽しんでしまった。

「始めるわね。これだけ厄介《やっかい》な呪いだと、痛みがあるかもしれないけれど、少しだけ我慢《がまん》してね？」

「バウ！」

繋《つな》いだ手から魔力を送り、コボルトに巣くう呪いに繋ぐ。

コボルトの体が白の光に包まれていく――。

「うーん……思っていたより根深いわね……」

これほどの呪いだと、精神まで蝕《むしば》んでいたはずだ。自我を失っていても不思議ではない。

でも、コボルトは凶暴《きょうぼう》になっている様子はない。とても精神力が高いのだろう。

とはいえ、今は平気でもいつまで続くか分からない。

コボルトの体の内側を、真っ黒に染めているこの呪い――私が消してみせる！

（白く……白く……黒を白に染めるように……）

魔力を注ぎ、呪いを浄化《じょうか》していく――。

言葉を封じる程度の呪いなら、すでに解けているはずだが、この呪いはまだ残っている。

魔力を注ぎ込み、どんどん浄化を進めていくが、一向に消える気配がない。

ゴブリンよりも軽いと思ったのに……こんなにつらいなんて！

でも、私は聖樹を浄化した聖女だ。必ず解いてみせる！

ダイアナの顔がフッと浮《う》かび、負けるものか！　と力が漲《みなぎ》った。

「……呪いよ、消えて！」

魔力を注ぎ込むと、コボルトに張り付いていた呪いが溶《と》け始めた。

よし……いける！　ここからはもう気合いで乗り切る！

「消え去れっ!!」

魔力を振《ふ》り絞《しぼ》った瞬間《しゅんかん》、コボルトを蝕んでいた呪いのすべてが消え去った。

「……解呪、できたっ！」

ギリギリだったが、何とかなったようだ。聖樹を浄化するのと同じくらい大変だった！

「はあ……はあ……どう？　なにか変わっ……………………た？」

荒《あら》くなった息を整えながら、コボルトに話しかけた。それと同時に、繋いでいた手の感《かん》触《しょく》が変わっていることに気がついた。……肉球が消えている！

それに硬い毛で覆《おお》われていてゴワゴワしていた手が、温かさを感じる人間のものに……。

「お、おれ……に、にんげ……ん、もどっ……」

「??」

繋いだ手の先にいるのは、茶色の髪《かみ》に緑の目の快活そうなイケメンだった。

誰《だれ》!? コボルト、どこに行ったの!?

それに、目の前の人の腰《こし》にまいていた布がヒラリと落ちて……肌色《はだいろ》一色なのですが……。

「人間に……人間に戻《もど》ったあああ！！！ 聖女様、ありがとう！！！！」

「きゃあああああっ!! 顔のイイ変態だあああああっ!!」

叫《さけ》んだ瞬間、私は糸が切れたかのようにパタンと倒《たお》れてしまった。


「う、うーん……」

後頭部がズキリと痛んで目を覚ました。解呪後の疲労《ひろう》に合わせ、顔のイイ変態さんから受けたダメージで意識が飛んでいたようだ。

体が重く、瞼《まぶた》を開けるのも億劫《おっくう》だが、周囲がとても騒《さわ》がしいことに気がついた。

「ギギギ！」

「そうなんですよ！　おれ、もう感動しちゃって！」

「プ！　プッ、ピッ！」

「ヒュルーンヒュウー」

「ギギッギー！」

「そうですよね、先輩《せんぱい》。確かに今までの聖女様とも違《ちが》うと思いますよ！」

「プププ！　プッ、ピーッ！」

「ヒュルーンヒュウー」

「グルルルッ」

ぼんやりと会話を聞いていたが、喋《しゃべ》っているのは……魔物⁉

「あ、聖女様が起きた」

びっくりして飛び起きると、イケメンと目が合った。瞳《ひとみ》の色と人懐《ひとなつ》っこい雰囲気《ふんいき》がコボルトと同じ――。変化を目《ま》の当たりにしたから分かる。このイケメンは元コボルトだ。

「聖女様、先程《さきほど》はお見苦しい姿を晒《さら》してしまってすみませんでした。もう服を着たので大《だい》丈夫《じょうぶ》です！」

元コボルトさんは私の前に立つと、丁寧《ていねい》に頭を下げたのだが……。

「ふ、服……？」

ボロボロの布を巻いているだけなので原始人っぽい。まだ『顔のイイ変態』から抜《ぬ》け出せていない。今まで魔物《まもの》だったので、ちゃんとした服は持っていないのだろう。

「あの、よかったらこれをどうぞ」

ポケットから、アーロン様用に保管していたシャツとズボンを取り出して渡《わた》した。

「こ、こんな上等な服を……い、い、いいんですかっ⁉」

「ど、どうぞ」

元コボルトさんがすごい勢いで受け取りに来たので、思わず後ずさった。

感激しているのか、震《ふる》える手で服を受け取った元コボルトさんは、すぐに着用し始めた。

待って、また見てしまう！　瞬時《しゅんじ》に目をつぶり、背中を向けた。

「服だ……ちゃんとした服だ！　汚《よご》れがない！　皺《しわ》がない！　破れてない！　最高に嬉しいです！　やったー！」

とても感動してくれているようでよかった。子どものようにはしゃぐ姿が微笑《ほほえ》ましい。

でも、服でこんなに喜ぶほど、今までたくさん苦労したんだろうなと思うとせつない。

「ギギッ！」

「あ、騒がしくてすみません！　この服、抜群《ばつぐん》に着心地《きごこち》がいいです！　どうですか？　おれ、変じゃないですか？　似合ってます？」

そう言って笑う元コボルトさんは、間違《まちが》いなくイケメンだった。

「うん、とても素敵《すてき》！　でも、シャツのボタンがずれているわよ」

嬉《うれ》しくて急いで着たからか、ボタンを掛《か》け違えている。直してあげると、照れながらもニコニコと人懐っこい笑顔《えがお》を見せてくれた。

「へへっ！　聖女様、ありがとうございます！　ほら、見てくださいよ！」

元コボルトさんが両手を広げ、魔物達に服を着た姿を見せている。魔物達はそれを温かい目で見て……って魔物がいたんだった！

ドキリとしたが、さっきもいたゴブリンを見て冷静になれた。恐《おそ》らくここにいるのは、元コボルトさんのように、呪《のろ》いで魔物に変えられている人達だ。

プルプルと震える水色のスライム、翼《つばさ》の腕《うで》を持つピンクの羽毛《うもう》のハーピー、そして金色の大きな獣《けもの》――フェンリルだ。

「…………！」

フェンリルの澄《す》んだ青空のような蒼《あお》い目に、吸い込まれそうになった。体が大きくて迫力《はくりょく》がある魔物なのに、全く邪《よこしま》なものを感じない。真っ直《す》ぐな目が、彼の中にある『正義』を物語っていた。

「聖女様？　まだ体調が悪いですか？」

「！　あ、ごめんなさい。なんでもないの」

ついフェンリルに見惚《みと》れてボーッとしてしまった。

「グォッ」

フェンリルの鳴き声を合図に、彼らは揃《そろ》って凛《りん》とした綺麗《きれい》な礼をしてくれた。慌《あわ》てて私もお辞儀《じぎ》をする。そして、思い浮かんだ質問をそのままぶつけた。

「この聖域には国を救ったけれど、呪われてしまった騎士《きし》達が眠《ねむ》っているという伝説があるのですが、もしかして……みなさんのことですか？」

「伝説、ですか。そんな風に言われるほど月日が流れたんですね。確かにおれ達は、魔獣《まじゅう》を倒して呪われた騎士団、『テレーゼ騎士団』です」

やっぱり！　私が倒れる前に見た白銀の鎧《よろい》の騎士達は、彼らの本当の姿なのだろう。

聖域が私に見せたのか、私の聖女としての力が働いたのかは分からないが、一時的に正体を見ることができたのだと思う。

「テレーゼ……たしか、初代聖女様のお名前よね？」

この国に来て、半ば強制的に教えられた歴史の中で耳にした名前だ。

「ええ。おれ達は聖女テレーゼ様により結成された特殊《とくしゅ》な騎士団なのです。そして、おれ達にここを――居場所を与《あた》えてくれたのもテレーゼ様です」

「居場所？」

「はい。えーと……話してもいいんですよね？　団長」

そう言って元コボルトさんはフェンリルを見た。

「団長、というと、騎士団長？」

「そうです。あ、自己紹介《しょうかい》がまだでしたね。おれはこの中で一番下っ端《ぱ》のセドリックといいます」

「セドリックさん」

「はい！　ああっ……名前を呼んで貰《もら》えるのも久しぶりだあ」

セドリックさんが感動している。仲間と意思疎通《いしそつう》はできていたけれど、人の言葉で名前を呼ばれることはなかった。だから、感慨《かんがい》深いのだろう。

「あっ、それでは仲間を紹介しますね。ゴブリンが先輩のクレールさん。スライムが年下だけど騎士としては先輩のリュシアン。ハーピーが副団長のパトリスさん。そしてフェンリルが騎士団長エドヴィンさんです！」

「クレールさん、リュシアンさん、パトリスさん、エドヴィンさんですね。私はコハネ・アマカワです。みなさん、倒《たお》れていたところを助けてくださって、どうもありがとうございました」

一人ずつ目を合わせながら挨拶《あいさつ》すると、それぞれ丁寧に頭を下げてくれた。セドリックさんの様に名前を呼ばれると嬉しいかなと思い、それぞれの名前を呼んだら、みんな照れていて可愛《かわい》かった。

「パトリスさんは、女性騎士で副団長なんですね。素敵！」

「いえ、ハーピーは女性形の魔物なので少し紛《まぎ》らわしいかもしれませんが、副団長は男性ですよ」

「あ、そうなんですね。勘違《かんちが》いしてすみません！」

女性騎士に憧れがあったので、興奮して思わず言ってしまったが、確かに幻で騎士達を見たときは男性しかいなかった。

「では、話の続きをしますね。魔物の姿になったおれ達を、家族も民《たみ》も受け入れてはくれなかったんです。誰《だれ》からも疎《うと》まれるおれ達には、居場所がありませんでした」

「え……………？」

聞かされた内容に思わず言葉を失った。国を救ってくれた英雄《えいゆう》達が、そんなつらい目にあっていたなんて……。

「魔獣の呪いはテレーゼ様にも影響《えいきょう》していたのか、強い魔力を持っていたテレーゼ様でも、おれ達を元の姿に戻《もど》すことはできませんでした。でも、テレーゼ様はせめておれ達が、人の目を気にせず心穏《こころおだ》やかに暮らせるようにと、この聖域を作ってくれたのです。だから、ここに入ることができるのは、聖女様とおれ達だけなんです」

「そうだったの……」

聖域の伝説にはこんな悲しい真実があったなんて……。騎士達の気持ちを考えると胸が締《し》めつけられる。助けて貰った恩を仇《あだ》で返す国や民に怒《いか》りが湧《わ》いてきて――。

「せ、聖女様!?」

込み上げて来た涙《なみだ》を我慢《がまん》することができなかった。悲しくて、悔《くや》しくて、やるせない。

「ひどい、あんまりです。命をかけて戦い、守ってくれた騎士様に感謝せず、魔物の姿になっただけで嫌《きら》うなんて……！」

自分の境遇《きょうぐう》とも重なり、感情移入してしまう。こんな理不尽《りふじん》なことがあっていいのか！

どうして報《むく》われるべき人が報われないのだろう。悲しみと怒りが込み上げ、涙が止まらない私を見て、騎士達がオロオロと戸惑《とまど》っている。

申し訳なくて必死に泣き止《や》もうとしていると、ふわりと温かなものが私を包んだ。

それは金色の大きな尻尾《しっぽ》だった。

「エドヴィンさん？」

「グルルゥ……」

「団長はおれ達のために涙を流してくれてありがとう、と仰《おっしゃ》ってます。……おれからも、ありがとうございます」

セドリックさんの言葉に続くように、残るみんなも礼をしてくれた。

「そんな！　私の涙にお礼なんて……！」

私の涙にお礼を言って貰えるほどの価値はない。半分は自分のために流したような涙だ。

こんなものでは騎士達の献身《けんしん》は報われない。

「いえ、言わせてください。おれ達、本当に嬉しいんです。聖女様は『魔物の姿になっただけ』と言ってくれたけれど、多くの人はそうは思いません。魔物の姿になってからのおれ達は、人として生きたすべてを否定され、魔物として見られてきました」

「そんな……！　家族や友人、恋人《こいびと》は？　誰か一人でも……」

「寄り添《そ》おうとしてくれた人もいました。でも、周囲がそれを許さなかったですね。だからおれ達は、誰にも迷惑《めいわく》をかけたくなくて、自分達だけで生きていくことにしたんです」

こんなひどい目に遭《あ》っているのに、それでも他《ほか》の誰かを思いやれるなんて、悲しいほど優《やさ》しい。優しすぎて……私は腹が立ってきた。

貧乏《びんぼう》くじばかり引いていないで、幸せにならないとだめだ！

「私がみなさんの呪いを解きます！　私の力不足で、今すぐみなさん全員の呪いを解くことはできないのですが、必ず解いてみせます！」

そう意気込んでみせると、騎士達は私の勢いに気圧《けお》されたのか狼狽《うろた》えた。

「聖女様。それはぜひ、おれ達の方からお願いしたいですが……。聖女様のお身体《からだ》に負担はありませんか？　おれの呪いを解いてくださったあと、倒れてしまいましたよね？」

本当に優しすぎる。少しは自分達のことを優先して欲しい！

「大丈夫《だいじょうぶ》です。私にお任せください！　絶対にみなさんの呪いを解いてみせます！」

みんなの呪いを解けなければ、私は聖女でいる資格はないと思う。聖樹の浄化《じょうか》は大事だけれど、旅をしていたときよりも「救いたい」という気持ちが強い。

「元の姿に戻りましょう。そして、この聖域で幸せに暮らしましょう！」

「幸せ、ですか？」

聞き返したのはセドリックさんだが、みんなも不思議そうな顔をしている。

「そうです。こんなにご苦労をされて、呪いが解けただけでは割に合いません！　みんなで国一番の幸せ者になりましょう！　私がみんなを幸せにします！」

異世界に召喚《しょうかん》され、利用されて終わるなんて嫌《いや》だ。今まで理不尽な目に遭ってきたみんなと一緒《いっしょ》に、私だって幸せになるんだ！

「………あ！　その前に、私はずっとここにいてもいいですか⁉」

力説してしまったけれど、そもそも住まわせて欲しいというお願いがまだだった。

慌てて聞くと、みんな笑いながら頷《うなず》いてくれた。

「……みなさん、ありがとう」

突然《とつぜん》やって来て住み着きたいと言い出した私を、きっと不思議に思っているはずだ。

でも、理由を聞かずに受け入れてくれるみんなの優しさがありがたい。

「あ！　あの、お願いがあるのですが、私のことは『コハネ』と呼んで欲しいです！」

聖女様と呼ばれ、敬語を使われるのは距離《きょり》を感じて寂《さび》しい。

「え？　でも……」

上司の確認《かくにん》が必要なのか、セドリックさんは、エドヴィンさんに視線を送っている。

断られたら悲しい！　という思いを込めて、私はエドヴィンさんを見つめた。

「……グルゥッ」

「いいんですね？　じゃあ、コハネと呼ばせて頂きますね」

「ありがとう！　嬉《うれ》しい！　できれば敬語もやめたいな」

「そうですか？　あ、いや……そうか？　じゃあ、コハネ。よろしくな！　おれのことはリックって呼んでくれ。仲がいい奴《やつ》はそう呼ぶから」

「うん！　よろしくね、リック！」

「ギィ、ギギッギギッ！」

「クレール先輩《せんぱい》？　『オレのこともクレールと呼び捨てでいい』、だってさ！」

「本当？　ありがとう！　よろしくね、クレール！」

ゴブリンのクレールにお礼を言うと、今度はスライムのリュシアンさんが、ポヨンと私の前に跳《は》ねて来た。

「ピィ、ププッ！」

「『僕はリュシーって呼ばれているから、そう呼べばいいよ』って……おれがリュシーって言ったら怒《おこ》るじゃないか！」

「ピ！　ププッ！　プップップーッ！」

「ふふっ。今のは『リックはだめ！』かな？」

「コハネ、そんな可愛い言い方じゃなかったぞ。『あんたはまだ許可できないね』と偉そうに言ってるんだ！　お前な、おれの方が年上だぞ！　お前の方が強いけどさ！」

そういえばリックの紹介《しょうかい》で、『リュシーは年下だけど騎士《きし》としては先輩』と言っていたことを思い出した。

みんなの中にも色んな上下関係があるみたいだ。でも、嫌な感じは全くない。

「ヒュルー」

「グルッ」

「団長と副団長も、呼び捨てで構わないそうだよ」

「ほんと？　嬉しい！　えっと……パトリスとエドヴィン！」

二人は副団長と団長で、他の三人よりもどこか貫禄《かんろく》と迫力《はくりょく》がある。だから、親しく呼び捨てにするには少し緊張《きんちょう》してしまった。

「グルルッ」

「団長は『エド』でいいって」

「ほんと？　エド、ありがとう！」

エドの大きな金色のしっぽがゆらゆら揺《ゆ》れている。はあー……モフモフに癒《い》やされる。

少し親交を深めることができたが、もっと仲良くなりたい。そこで提案がある。

「あの、みんなで新生活を祝うお食事会をしませんか？　私、ごちそうを作ります！」

両親が早くに他界しているため、料理をする機会が多かった。だから、それなりに自信があるし、ぜひみんなに手料理を振《ふ》る舞《ま》いたい。

この世界と地球では、それほど食文化の違《ちが》いはなかったから、きっと美味《おい》しいと思って貰《もら》えるものを作ることができるはずだ。

「い、い、いいのかっ⁉」

私の提案にリックだけではなく、みんなが前のめりになった。

「すごく嬉しいよ！　まともな『料理』なんて、もう何百年食っていないか……」

「呪《のろ》われている間は作らなかったの？」

「魔物の姿の時は、肉さえ食べていれば大丈夫でさ。だから森にいる動物を狩《か》って、適当に食っていたんだ」

「そ、そうなんだ？　じゃあ、気合いを入れて作るね！」

みんなの目がキラキラしている。何百年ぶりかの料理だなんて、責任重大で緊張する。

「あ、料理をしていないなら、台所はない？　みんなの家はどうなっているの？」

小屋のような建物はあるけれど、みんなが寝《ね》泊《と》まりをできる広さはない。

「一応雨露《あめつゆ》をしのげるだけの建物はいくつかあるが、まともな家と呼べるものはないな」

「家が…………ない⁉」

それは大問題だ。人間の暮らしには、衣・食・住は欠かせない！

「じゃあ、家も造《つく》らなきゃね。とにかく今は、料理を作るためのキッチンを造るね」

「キッチンを造る？」

私は首を傾《かし》げるリックに笑顔《えがお》を向けると、聖魔法《まほう》で小屋型キッチンを創造した。

「！」

リックだけじゃなく、みんなも驚《おどろ》いている。テレーゼ様はこういう聖魔法の使い方はしなかったのだろうか。

この小屋型キッチンは以前も造ったものなのだが、キッチンカーのような設備と見た目が可愛《かわい》くて、私は気に入っている。旅の間はセインに「余計な魔力消費はするな」と、創造禁止令を出されていたので解禁できて嬉しい。

「コハネ、すごい魔法だな！　あっという間に建物ができるなんて！　もしかして、家も造ることができるのか？」

「うん。どんな家にしたいか希望があったら、図面にしてくれたらその通りに造るよ」

「本当か⁉　すげえ！　今から図面を考えてもいいか⁉」

「どうぞ。これ、使って。あ、テーブルも作るね」

リックに紙やペンを渡《わた》すついでに、大きなウッドテーブルを作った。椅子《いす》はそれぞれの身長に合わせた丸太椅子だが、フェンリルで体が大きいエドは椅子なしだ。

リックは席に着くと、早速《さっそく》紙を広げ、夢中になって図案を描《か》き始めた。みんなはそれを覗《のぞ》き込み、ワイワイと盛り上がっている。それぞれ「理想の家」の話をしているようだ。

「副団長は巣箱……いや、冗談《じょうだん》ですよ？　団長は犬小屋……だから冗談です!!」

「ふふっ」

聞こえてきた会話に思わず笑いながら、私はキッチンに入った。まずは、逃げてきた際に汚れてしまった服を何とかしたい。

収納庫に隠れて着替えを済ませたあと、調理を開始した。

魔物《まもの》の体で食べてはいけないもの、アレルギーを起こすようなものはないらしい。

リクエストはないか聞いてみたら、リックは「獣《けもの》の生肉ばかり食べていたから、調理されて味がある肉料理を食べたい」と言っていた。

クレールは遠慮《えんりょ》して言ってくれなかったが、リックから意外にデザートや甘いものが好きだという情報を得た。

リュシーは辛《から》いもの。パトリスは野菜をたくさん食べたい、ということだった。

団長のエドは、料理ではないので言いづらそうにしていたが、お酒が飲みたいらしい。

それはエドだけではなかったようで、私が「葡萄《ぶどう》酒を樽《たる》で持っている」と告げると、鼓《こ》膜《まく》が破れてしまいそうなほどの歓声《かんせい》があがった。

すぐにあげたかったけれど、お酒でお腹《なか》をいっぱいにしそうな熱気だったので、ごはんの時間まで待って貰うことにした。

「さて、何を作ろうかな」

ポケットから調理器具や食材を手当たり次第《しだい》に取り出してみる。旅の間、何かあったときのためにと買い込んでいてよかった。

「あ、全部任せてごめん！　おれは人間に戻《もど》っているから手伝うよ！」

メニューを考えていると、リックが椅子から立ち上がった。

そして、その横からも、「プ！」「ギ！」「ヒュー」「グルッ」という声が飛んできた。

「みんなも手伝うって言っている」

「ありがとう！　今日は私がやりたいから大丈夫《だいじょうぶ》よ。次のときは一緒《いっしょ》に作りたいな！」

「もちろん！　じゃあ、頼《たの》むな。手が欲しいときはいつでも呼んでくれ」

「うん！」

私が頷《うなず》くと、みんなは図面作りを再開させた。あんなに夢中になっているのに、手伝おうとしてくれるなんて優《やさ》しい。本当にみんなは騎士の鑑《かがみ》だ。

二時間ほどかけ、私は料理を仕上げた。魔法で調理時間を多少カットできたが、それでも思っていた以上に時間がかかってしまった。

私が調理している間に、リック達はたくさんの図面を完成させていた。

「コハネ、見てくれ！　これがおれ達の理想の家だ！」

「これは……すごい！」

何枚もの紙を使って描かれているのは、立派なお屋敷《やしき》の図面だ。

「あ、おれ達の願望を詰《つ》め込んだだけで、この通りに造ってくれと言っているわけじゃないんだ。無理させるつもりはないから！　楽しくてつい描いちゃったんだよ」

リックを筆頭に、みんなが申し訳なさそうにしている。

「うん、分かったわ！」

私が頷くと、みんなはホッとしていた。大丈夫、私が絶対この通りに造ってみせる！

みんなは遠慮しているけれど、これがみんなの理想なら叶《かな》えてあげたい。この規模だと準備も必要だし、とにかく今はまず腹ごしらえだ。

「ごはんができたから、運ぶのを手伝ってくれる？」

「了解《りょうかい》！　やったぜ！　飯だあああっ！」

リックの叫《さけ》びに合わせ、みんなも雄叫《おたけ》びをあげた。

今日のメニューはリクエストに応《こた》えつつ、たくさん食べられて楽しいものを用意した。

この世界での料理名は違うかもしれないが、私が作ったのは大皿に盛ったシーザーサラダとポテトサラダ。そして、野菜たっぷりのミネストローネ。

作るのが簡単でたくさん食べられるメニューの王道、スパゲッティは三種類。

ミートソース、カルボナーラ、そして辛いものが好きなリュシーのためのアラビアータ。

リックの肉料理というリクエストに応え、煮込《にこ》みハンバーグとローストチキン。

そして、私が食べたくなった、からあげは山盛りに揚《あ》げた。スパイシーな味付けと塩からあげの二種類を用意したので好きな方を食べて貰いたい。

あと、キッチン小屋の外に即席《そくせき》で作った窯《かま》で焼いたピザは、マルゲリータ、シーフード、照り焼きチキンの三種類だ。

子どもが好きそうなメニューが多くなってしまったけれど、たくさん食べそうなみんなの食欲を満たせて、わいわい楽しく食べられる美味《おい》しいものを考えた結果、こうなった。

クレールのために作ったデザートはパンケーキと、フルーツポンチ。そしてプリンだ。

「わあ、色がたくさんある！　いい匂《にお》いだっ！　腹減った！　早く食べよう！」

リックの言葉にみんなのテンションも上がっている。そしてここで、みんな待望のお酒を出そうとしたその時――、ふと気がついた。

嬉《うれ》しそうに騒《さわ》ぐみんなの中で、リュシーだけ静かに佇《たたず》んでいる。

「リュシー、どうしたの？　何か気になることがある？」

「！　プッ……ピピッ！」

「うん？　コハネ、リュシアンは『なんでもない』ってさ」

「そう？　それならいいんだけれど……」

元気がないように見えたけれど、私の気のせいだったのだろうか。

「ププ！」

「なんだと！　ぷよんぷよんさせるぞ、こいつ！」

「プッピッピー！」

今はリックと楽しそうに戯《たわむ》れている。大丈夫そうなので、もう少し様子を見よう。

「さあ、食事の前に乾杯《かんぱい》をしましょう！」

「待ってましたっ！！！！」

とりあえず葡萄酒の酒樽《さかだる》を二つ取り出し、みんなの前にドン！　と置いた。

「葡萄酒です。まだまだありますから、お好きなだけ飲んでくださいね！」

「やったぜー！」

「ギギギッ！」

「ヒュー！」

「グルォォ！」

……あれ？　やっぱりリュシーの声だけ聞こえない。ちらりと見ると、やはり元気がないように見えた。リュシーの声といえば、どこから出ているのだろう？　それに、口がないリュシーに味覚はあるのだろうか？

「コハネ！　もう樽を開けていいか!?」

「あ、うん！　みんな、何に入れて飲む？　これでいい？」

私が聖魔法《まほう》で作った木製ジョッキを取り出した。

「おおっ！　いっぱい入っていいな！　みんなそれで！　あ、団長はバケツにします？」

「え⁉　バケツ⁉」

「グルルゥ」

「なるほど！　コハネ、団長は樽のままいくって言っているよ？」

フェンリルのエドは体が大きいから、サイズ的に樽がちょうどいいかもしれないが、本当にこんなに飲むことができるのだろうか。

「じゃあ、もう一つ、エド用の樽を出そうか？」

「グルル！」

ああっ、しっぽのふりふりが激しくて可愛《かわい》い。喜んで提供いたします！

エドに酒樽を渡《わた》しているうちに、みんなはお酒を注ぎ終わっていた。準備が早い！

みんな私を待っているようなので、慌《あわ》てて自分用の葡萄ジュースを取り出した。

「コハネ、乾杯の挨拶《あいさつ》してくれよ」

「え！　私⁉」

みんながうんうんと首を縦に振《ふ》る。緊張《きんちょう》するから遠慮したいが、断れる空気じゃない。

「難しく考えなくていいよ。一言でいいからさ！」

「でも……」

エドにお願いしたくて目で訴《うった》えてみたけれど、綺麗《きれい》な蒼《あお》い目で見つめ返された。

「がんばれ」って言われている気がする。というか、もうみんなの意識はお酒や料理にしか向いていない。

私の挨拶の必要性をまったく感じないが、これ以上みんなを待たせるのが可哀想《かわいそう》だ。

半ばやけくそになって、声を張り上げた。

「みなさんと出会えて嬉しいです！　かんぱーい！」

「あはは！　簡単だなあ！」

「だ、だって……！」

「最高だよ！　おれもコハネに会えて嬉しい！　解呪《かいじゅ》してくれてありがとう！　乾杯！」

「ギギ！　グギギー！」

「ヒュルルー！」

「グルルッ！　グォォ！」

みんなが声を上げ、それぞれのお酒を一気に飲み干した。いい飲みっぷり過ぎる！

「うっ……美味《うめ》え……」

「ギギギ……」

「ヒュルー……」

「グルル……」

また雄叫《おたけ》びを上げて喜ぶのかと思ったら、みんなはお酒の美味しさを嚙《か》みしめていた。

「…………」

そんな中、リュシーは静かにジョッキを傾《かたむ》けていた。体に流し込んで飲んでいるようだけれど、みんなとは明らかに雰囲気《ふんいき》が違《ちが》う。もしかして……。

「ねえ、リュシー。味が分からない？」

「！」

「様子がおかしい気がしたから……。スライムになってから味覚がないのかな？」

リュシーからはなんの反応もない。でも、私の問いかけに動揺《どうよう》しているのが分かる。

「え。ええええ⁉ リュシアン！ そ、そうなのか⁉」

やり取りを見ていたみんなも動揺し始めた。どうやらみんなも知らなかったようだ。

他《ほか》のみんなは、魔物《まもの》の姿になっても味覚を持ち続けていた。でもリュシーは、姿だけではなく、感覚の一つまで失っていたとしたら……。

「プ！ プピピ！」

みんなの視線を受けて、気まずそうにしていたリュシーが動き始めた。

「『僕は散歩してくるから食べていて！』って、おい！ リュシアン！」

リュシーがピョンピョン跳《は》ねながら、森の奥へ行ってしまった。一人にしてあげた方が

いいのか迷ったけれど、今はきっとそうじゃない。すぐに追いかけなければ……！

「ごめん、リック。リュシーと話がしたいから、一緒《いっしょ》に行ってくれる？」

「もちろん！」

「グオッ！　グオオオッ」

「コハネ、団長が『リュシアンが俺達には言えないことも、コハネになら打ち明けることができるかもしれない。仲間のことをどうか頼《たの》む』って」

「うん！　任せて！」

エドの言う通り、解呪だけではなく、私だからこそできることがあるはずだ。リュシーが笑顔《えがお》で一緒にご飯を食べられるように、私は力になりたい。

「あれ？　どうしよう、もういない！」

「大丈夫《だいじょうぶ》だ。おれはあいつの気配が分かる。ついて来てくれ！」

「うん！」

駆《か》けて行くリックの後ろをついて行く。森の中は走りにくいけれど、ぶつかりそうな木の枝はリックが折ってくれている。さすが騎士《きし》様だ。

「クソっ！　あんなポヨンポヨンのくせに、どうしてこんなに速いんだ！」

怒《おこ》っているようだけれど、声からとてもリュシーを心配していることが感じ取れる。

私もリュシーが心配だ。一人でつらい気持ちを抱《かか》え込んでいないといいけれど……。

「リュシー、やっぱり味覚がないのかな」

「あの反応だと、そうだろうな。……ったく、元々人に相談するタイプではないけどさ。それは分かっているけれど……どうして言ってくれなかったんだ！」

相談してくれなかったことが寂《さび》しいし、気づいてあげられなくて悔《くや》しいよね……。

「おれはさ、魔物としての味覚があったから、生肉でもそれなりに美味《うま》かったよ。こんな森の中では大した楽しみがないから、食事はちょっとした楽しみだったっていうか……。魔物になっても、自我を保つために必要な刺激《しげき》だったと思うんだ。でも、あいつにそれがなかったと思うとさ……やるせないよ」

リックの心から吐《は》き出しているような言葉に、私も胸が詰《つ》まる。

「……味覚だけなのかな」

「え？」

「スライムだと、触覚《しょっかく》とか痛覚とか嗅覚《きゅうかく》とか、他もどうなんだろう」

「まさか……！　何も感じずにいたのなら、おれなら心が壊《こわ》れている」

……私もきっとそうなると思う。

「コハネに聞かせるような話じゃないと思うけれど……。おれ達、最初は五人じゃなかったんだ。もっと人数がいたんだ」

「え？」

確かに、五人で『騎士団』というのは少ないな、とは思っていたけれど……。

心臓が嫌《いや》な予感でドクドクと鳴り始める。じゃあ、他の人達はどこに？

「魔物になったおれ達は『不老』になったんだ。『不死』ではないけれど、老いで死ぬことはないから、余程《よほど》のことがないと死なない。でも、今おれ達が五人しかいないのは……。魔物として途方《とほう》もない時間を生きていかなくちゃいけないことに絶望して……」

リックはここで口を噤《つぐ》んだ。言葉にしたくないのが分かる。自ら終わりを選んだ、ということなのだろう。リックの仲間達がその選択《せんたく》をする前に、ここに来て救いたかった。

「リュシアンはおれ達よりも精神的に追い詰められていたはずなのに、今生きている。おれはそれに感謝したいよ」

「本当にそうだね。リュシーは強いね」

リックの言葉に大きく頷《うなず》く。……決めた。すぐリュシーの呪《のろ》いを解こう。

体調が万全《ばんぜん》じゃないと無理かもと弱気になっていたけれど、絶対に呪いを解く！

「よし、あいつが立ち止まった！　今のうちに捕《つか》まえるぞ！」

「うん！」

「いた！　あそこだ！」

リックが指差す先には池があった。そのほとりに小さくてまるいリュシーの姿が見えた。

「リュシー！」

「！」

声をかけると、リュシーは池の中にぽちゃんと飛び込んでしまった。

「え、ええええ⁉　リュシー！　早まらないでっ！　リック、どどどうしよう⁉」

「コハネ、落ち着け。水に入ったくらいであいつはどうにもならない。そこを見ろよ」

リックが言う場所を見ると、水面がまるく盛り上がっていた。水と同化してしまって分かりづらいが、リュシーが顔を出しているようだ。

「こら！　馬鹿《ばか》リュシアン、逃《に》げるな！　早くこっちに来ないと池ごと凍《こお》らせるぞ！」

「ちょっと、リック！　乱暴なことはだめだからね⁉」

「分かっている！　でも、多少強引《ごういん》でもあの馬鹿とはちゃんと話をしないと！」

話をしなければいけない、というのは同じ想《おも》いだ。

「……ピ、ププ」

「『人間のときからそうだったんだ』って、何がだ？」

「プププ、ピピ……」

「『味覚、触覚、痛覚、色んな感覚——それに感情も……。僕は昔からあらゆる感覚が鈍《にぶ》かった。だから、僕が何も感じることがないスライムになったのは納得《なっとく》だった』って……お前っ！」

リックと思わず息を吞《の》んだ。何も感じないなんて、生きた心地《ここち》がなかったんじゃ……。

『コハネの料理に喜んでいるみんなを見て不安になった。僕は匂《にお》いも分からないし、好きだった酒さえ空気と同じだった。だから、コハネに呪いを解いて貰《もら》っても、僕はスライムのままなんじゃないかって思って――』って、そんなわけないだろう!!」

「プピピププ……」

思わずリックが怒鳴《どな》る。私も胸が痛くなって、思いきり叫《さけ》んだ。

「今すぐリュシーの呪いを解くわ！　それでリュシーはスライムじゃないって私が証明する！」

リュシーはちゃんと血の通った人間だ。私はリュシーの正体を見ている。

「ねえ、リュシー！　人に戻《もど》って、みんなでごはんを食べよう！　きっと美味《おい》しいよ！」

お祝いのごはんが何の味もしないなんて悲しすぎる。「美味しいね」って、一緒に騒《さわ》ぎたい！

「…………プ」

「『最後でいい』じゃねえ！　コハネが解いてくれるって言っているんだ！　いいから早く戻って来い！」

「ギッ！」

背後から声が聞こえた。振《ふ》り返ると、そこにはクレールがいた。パトリスとエドの姿もある。みんな心配で追いかけて来たようだ。

「ほら！　先輩《せんぱい》だって早く解いて貰えって怒っているぞ！」

「……ププ」

リックが必死に呼ぶけれど、リュシーは動かない。

「ヒュー！」

「グルル！」

「ほら、副団長と団長の『お前から解いて貰え！』っていう命令が出たぞ！　命令違反《いはん》は森百周だ！　干《ひ》からびるまで走りたいのか⁉」

「………プゥ」

みんなの説得を聞いて、リュシーは渋々《しぶしぶ》こちらへとやって来た。

逃がさないように、水から上がったリュシーをすかさず抱《だ》き上げる。

「ねえ、リュシー。スライムになって感覚をなくしても、リュシーは私に優《やさ》しかったよ？　私はリュシーを、仲間を大事にしている温かい人だと思っているわ。リュシーも、温度は分からなくても、みんなから温かさを感じたことはない？」

「！」

リュシーが動揺《どうよう》している。私の言葉に、思い当たることがあったようだ。

「だから、そんなリュシーが、解呪《かいじゅ》してもスライムのままなわけがないわ。私を信じて」

「………」

「リュシー、人間に戻ろう？」

「……………プ。ププ」

リュシーの体がフルフルと揺《ゆ》れた。すると、見守っていたみんながホッと息をついた。

どうやらリュシーは、解呪を了承《りょうしょう》してくれたらしい。

「グォ！　グル」

「コハネ、団長が『リュシアンを頼《たの》む』って」

「もちろん！　私、聖女ですから！」

リュシーの呪いはリックよりも深刻だ。不安はあるが、必ずやりとげてみせる！

地面に座り、リュシーを膝《ひざ》に乗せて抱《だ》きかかえる。

「始めるね」

「……………ピ」

冷たくて肌触《はだざわ》りのよいリュシーを撫《な》でる。このプルプルは名残惜《なごりお》しいが、最後にしたい。

魔力《まりょく》で繋《つな》がると、リュシーの状態がより見えてくる。やはりリックよりも状態が悪い。

リュシーの体を蝕《むしば》むこの『黒』を『白』に変えていかなければいけない。

呪いを解いていく時、リックと同様に痛みがあるだろう。でも、リュシーには痛覚がないから大丈夫《だいじょうぶ》だ。その点だけは、スライムでよかった。

「……………っ」

魔力を注ぎ続けていると、くらりとめまいがした。まずい、やはりリックの解呪をした疲《つか》れが残っている。でも、気合いで乗り切るしかない。

でも……もし、失敗したらどうしよう。一瞬《いっしゅん》不安に襲《おそ》われた。その時――。

「グルルゥ」

「？　え…………エド？」

解呪を続ける私の前にエドが座った。そして、魔力を放出して私に干渉《かんしょう》してきた。何をするつもりだろうと戸惑《とまど》ったが、解呪を止《や》めるわけにはいかない。混乱しながらも続けていると、段々と私の体が軽くなってきた。

何が起きたのかよく分からないが、この勢いなら確実に成功できる。魔力を振り絞り、畳《たた》みかけるように呪いを解いていく――。

（黒を白く……白く……よし、もう少し…………あっ）

もう一歩、というところで、私は解呪が進んだ理由に気づいた。リュシーの呪いがエドに移っているのだ。でも、そんなことをしたらエドの呪いが悪化する。

思わずエドを見ると、目が合った。エドの蒼《あお》い目が「これでいい」と言っている。

確かに、このまま解呪を止めても失敗するだけだ。任せて、と胸を張っておいて、エドに負担をかけてしまった。……不甲斐《ふがい》ない。

「グル……」

エドが「大丈夫だ」と言っている。優しい目がそれを物語っている。余計に申し訳なくなったけれど、解呪に失敗したらエドの助けも無駄《むだ》にしてしまう！

「呪いよ、すべて白に染まれ！」

限界まで魔力を出し切り、残りの呪いを一気に消し去った。

「……………あ」

膝の上にいたリュシーが、変形しながら離《はな》れた。

白い光に包まれていたまるいシルエットが、人の形になっていく――。

「ぼ……僕、の……手……だ……」

現れたのは、倒《たお》れる前に見た白銀の騎士《きし》の一人。水色の髪《かみ》に灰色の目の美少年だった。

高校生くらいの見た目で、少し年下かな？　という印象だ。

自分の手を見つめながら、長いまつ毛が縁取《ふちど》る瞼《まぶた》をパチパチさせている。

透明感《とうめいかん》のある綺麗《きれい》な子だな……と思っていると、その子が突然《とつぜん》私に抱きついてきた。

「リュシー!?」

「感じる。温かい」

そう呟《つぶや》くと、リュシーの私を抱きしめる腕《うで》に力が入った。

ああ、そうか。リュシーは久しぶりの『感覚』を確認《かくにん》しているんだ。

「いい匂いがする」

リュシーはそう言うと、子犬のように顔をすりすりと寄せてきた。綺麗だけれど男の子だし、くっつかれると緊張《きんちょう》してしまう。

「ありがとう。コハネ」

「う、うん」

分かったから、もう離れて欲しい。そもそも、リックの時と同様に、リュシーもまた『ありのままの姿』だ。空気を読んで叫ばずにいたけれど！　肌色《はだいろ》一色ですから！

「おい！　いつまでくっついているんだ！」

「やめろよ、セドリック。叩《たた》かれると馬鹿になるじゃん。……あんたみたいに」

「はあああ!?　お前、戻ってすぐにそれかよ！」

「ふふっ」

二人のやり取りがすべて分かることが嬉《うれ》しい。リュシーは案外、毒舌《どくぜつ》だった！

「あ」

リックとリュシーのやり取りを見て和《なご》んでいたら、ぐにゃりと視界が歪《ゆが》んだ。

「「コハネ！」」

（ああ、また倒れてしまう。申し訳ないな……）

どんどん意識が遠のいていく――。

だが、気絶する前に伝えておかなければいけない大事なことがある。

「ふ、服……リュシー……着て……」

ポケットから服を取り出して、リュシーに向けて差し出した。

「いや、そんなことはいいから！　大丈夫か!?　早く横になれ！」

「よく、ないよ……」

体を支えてくれたリックに言い返す。全裸《ぜんら》の美少年なんて問題しかない！

そう言いたかったけれど、言葉にできないまま、私は完全に意識を失った。


「王都での浄化《じょうか》を終えたら、聖女と持て囃《はや》されながら豪華《ごうか》な暮らしをしていたはずなのに」

「ダイアナ？」

「あ、いえ……なんでもありません！」

私はアーロン様と、再びリノ村にやって来ていた。聖樹を浄化したのに魔物《まもの》が現れたからだ。

もう一度浄化をしても魔物が出たら、私は本当に聖女なのかと疑われるだろう。

「聖女ダイアナ様！」

村人達がすでに集まってきて、私のことを見ている。視線が鬱陶《うっとう》しいが、聖女らしく振《ふ》る舞《ま》わなければいけない。

「あ……セイン様」

見たくなかった姿を見つけ、思わず顔を歪めそうになったが取り繕《つくろ》った。

「セイン様も来てくださっていたのですね。心強いです」

「聖樹の状態が見たかったからな。……あのような有様だ」

「……あ」

セインの視線の先にある聖樹を見て息をのんだ。

「聖樹が……枯《か》れそう？」

青々としていたはずの聖樹が茶色くなっている。纏《まと》っていた光もない。

「突然このような状態になってしまったのです！　そして、魔物が現れ始めました。村には怪我《けが》人がいます。毒にやられたような状態になり、体調を崩《くず》した者もいます！」

聞いてもいないのに、村の老人が話しかけてきた。ぐいぐいと迫《せま》ってくる小汚《こぎたな》い老人に顔を顰《しか》めたくなる。あまり近寄らないで欲しい。

「ダイアナ、すぐに浄化を頼《たの》めるか」

悪態をつきそうになるのを我慢《がまん》している中、アーロン様に話しかけられて慌《あわ》てた。

「え、ええ……もちろんですわ」

「ああっ、聖女様。我らをお救いください！　聖樹があんな状態では、我々は村で暮らしていけないのです！」

知らない老人達の暮らしなんてどうでもいいことだ。でも、私の地位と名誉《めいよ》を守るためには、がんばらなければならない。そのためには、触《さわ》りたくない手も我慢して握《にぎ》る。

「ご安心ください。どうぞ私にお任せください」

「聖女様……なんと慈悲《じひ》深い……」

村人達が私に感謝の意を示す。こんなことで心酔《しんすい》してくれるのだから安いものだ。

「では、聖樹を浄化いたしましょう。みなさんも祈《いの》ってください」

やる必要のない祈りのポーズを取りながら浄化を実行する。すると、眩《まぶ》しい光が聖樹を包んだ。急速に聖樹がみずみずしさを取り戻《もど》していく――。

「おお……なんという美しい光景……さすが聖女様！」

「ありがとう、ダイアナ様！　聖女様！」

村人達から歓声《かんせい》が上がる。うまくいってよかった。前回はどうして失敗したのだろう。

「ああっ……そんな……！」

突然、歓声が悲鳴に変わった。

「何が……。え!?　ど、どうして……!?」

みずみずしさを取り戻していたはずの聖樹が、また枯れ始めていた。

「ダ、ダイアナ……これはどういうことだ？」

「アーロン様っ、私も何が起きているのか……」

「とにかく、もう一度頼めるか」

頷《うなず》いてすぐに再浄化すると、またみずみずしさを取り戻し始めた。

「よかった……あ」

また村人達から悲鳴が上がる。聖樹の葉の青が、また茶色に――。

「ああっ、聖女様！　どうか聖樹をお清めください……！」

「我々をお救いください！」

うるさい！　と怒鳴《どな》りたいのを我慢し、浄化を繰《く》り返すがすぐに戻ってしまう。

「なんてことだ……聖樹はもう戻らないのか？」

繰り返すたびに、村人達の不安の声が増していく――。

「村人達には安全な場所に移って貰《もら》おう。……ダイアナ、大丈夫《だいじょうぶ》か？」

私を気づかい、アーロン様が村人達を遠ざけてくれた。私を見張る目が減り、少し余裕《よゆう》ができたが、悪い状況《じょうきょう》であることは変わらない。どうすれば乗り切れるだろう。

「アーロン様……」

こうなれば、都合の悪いことはすべてあの女のせいにするしかない。

「こんなことはおかしいです。誰《だれ》かが意図的に、浄化を妨害《ぼうがい》しているとしか……」

「妨害？」

「はい。私はしっかりと浄化をしております。でも、効果がすぐに消えてしまう。私の浄化を打ち消す力が働いているとしか思えないのです。そんなことができるのは……」

そこで言葉を止め、悲しげに俯《うつむ》くと、アーロン様が望んでいた答えを口にしてくれた。

「……聖女であるコハネなら可能か」

狙《ねら》った通りになった。緩《ゆる》みかけた頬《ほお》を引き締《し》め、更《さら》に顔を悲しげに曇《くも》らせる。

「コハネ様は私を恨《うら》んでいるのでしょう。儀《ぎ》式《しき》を私に押しつけたのも、私がアーロン様のことを好きになってしまったことに気がついて……」

「…………っ！　オレがダイアナを選んだことは、ダイアナのせいではない」

アーロン様は、コハネから私に乗り換《か》えたことに罪悪感がある。だから、それを刺激《しげき》すれば、私に向けられる批難もアーロン様が引き受けてくれるのだ。

私が加わるまで、アーロン様はコハネを守り、支えていた。でも、立派な聖女のコハネに助けは必要なかったようで、アーロン様は自分の存在意義を見失っていた。

私はそれにつけこんだ。コハネのように支えを必要としない者ではなく、アーロン様の支えがなくてはならないか弱い女を演じたのだ。

その結果、アーロン様の心はコハネから離《はな》れ、私に傾《かたむ》いた。そして、コハネが私に儀式を押しつけた悪女になったことで、アーロン様と私は批難を受けない立場になれたのだ。

「アーロン様、私……どうしたらいいの……」

「やはり多少強引《ごういん》な手を使っても、コハネとは話し合わねばならないな」

あとは、アーロン様に任せて泣いていればいいかと考えていると――。

「根拠《こんきょ》は？」

セインが私に詰《つ》め寄ってきた。

「ダイアナ。君に聞いている。コハネが妨害しているという根拠だ」

「それは……。そうじゃないとおかしいもの……」

「つまり、根拠はないのだな。……そうだ、君は固有魔法《まほう》を持っているか？」

「こ、固有魔法ですか？」

セインの質問にぎくりとした。聖魔法しか使えないはずの聖女の私に、固有魔法を聞くなんておかしい。

まさか、私が『固有魔法を使って聖女のフリをしている』ということに気がついた⁉

でも、私が能力複製の固有魔法を持っていることは誰にも分からないはず……。

複製した能力はいくつかストックすることができる。まずは以前複製していた『固有魔法秘匿《ひとく》』を使い、私の『能力複製』を隠《かく》した。

そして、コハネから複製した聖魔法のみを開示して、私は聖女だと名乗り出たのだ。

「私は聖魔法しか使えません。それは国にも認めて貰っています！」

「そうだぞ、セイン！　何を疑っているのか知らないが、ダイアナは立派な聖女だ。王都の浄化《じょうか》はしっかりとできているじゃないか！」

「王都の浄化はできている……ははっ」

「？　セイン、何がおかしい」

「コハネの故郷では、そういうセリフを『フラグ』と言うらしい」

「ふらぐ？」

「とにかく――。村人達には、村には戻らず避難《ひなん》して貰った方がよいでしょう」

「……確かに、これ以上彼らを危険な目に遭《あ》わせるわけにはいかない。原因の調査が済み、解決できるまでは王都に避難して貰おう」

アーロン様が騎士《きし》達に村人保護の指示を出す。セインの視線を感じた私は、慌ててアーロン様にくっついた。するとセインがアーロン様を呼び止めた。

「セイン？　まだ何かあるのか？」

「浄化の旅に出ることを渋《しぶ》るコハネを説得し、責任を持って守ると言っていた時のお前は、正しく民《たみ》の上に立つ者だった。だからこそ……残念だ」

そう話すと、セインは私達から離れて行った。「お前」だなんて、いくら旅を共にした仲間でも、王族であるアーロン様に対して無礼すぎる！

「…………。今のは……セイン？」

アーロン様を見ると、目を見開いたまま去って行くセインの背中を見送っていた。

あんなことを言われたのに、どうして怒《おこ》らないのだろう。立場を分からせないとナメられてしまうし、アーロン様の妃《きさき》となる私の価値も下がる。

そんなことを考えていると、一人の騎士が慌てた様子で駆《か》け寄って来た。

「アーロン様、大変です！」

「どうした？」

「緊急連絡《きんきゅうれんらく》が……！　王都周辺に魔物《まもの》が出たようです」

三章　モフモフは正義

目を開けると木製の天井《てんじょう》が見えた。壁《かべ》も木製で隙間《すきま》が空いているのか、外からの光が差し込んでいる。何かチクチクするなと思ったら、体の下に枯《か》れ草が敷《し》いてあった。

ここはどこだろう、私は何をしていたっけ？　しばらく頭がボーッとしていたが、ここは聖域に入って最初に見たあの山小屋のような建物の中だろうと思い至った。

「よく寝《ね》たあ」

頭はとてもすっきりしているが、体がだるい。寝すぎた時の感覚だ。

「おはよう、コハネ」

「！」

誰もいないと思っていたから、とてもびっくりした！

「!!」

そして更に、その人の容姿で驚《おどろ》いた。こんな山小屋のような場所に天使がいた。

「おはよう、リュシー」

水色の髪《かみ》だから、水を司《つかさど》る天使だ。「ここは天界か」と錯覚《さっかく》してしまう美しさだ。

「コハネのおかげで、色んな感覚が戻《もど》って来たよ。それだけじゃなくて、自分にはないと思っていた感覚や感情があったことも知った。呪《のろ》いを解いてくれて、本当にありがとう」

「は、はい。お役に立てて光栄でございますです！」

笑顔《えがお》が眩《まぶ》し過ぎて、思わず変な敬語になってしまった。近いと心臓に悪いので、思わず距離《きより》をとったらすぐに詰められた。

この輝《かがや》きを近距離で浴びると心臓に負担がかかるから、一定距離を空けて頂きたい。

やはり元の姿のみんなは美形すぎる。同じ空気を吸わせて頂くことに恐縮《きようしゆく》する。

倒《たお》れる直前に渡《わた》した服を着てくれているけれど、アーロン様のものなのでリュシーには大きかったようだ。ブカブカに萌《も》える……これぞ彼シャツ効果！　と思ったけれど、この場合の『彼』はアーロン様になるのがマイナスポイントだ。

——ぐうううう
心の中でヒートアップしそうになっていると、お腹《なか》が鳴った。

可愛《かわい》い「ぐぅ」ではなく、しっかりと空腹を主張する強い「ぐう！」だった。

恥《は》ずかし過ぎて、照れることもできずに真顔になる。アーロン様のことを考えていたら起こった不幸だから、これはアーロン様の呪いに違《ちが》いない。

「よかった。お腹が空《す》くぐらい元気みたいだね。これ、どうぞ」

からかわずに軽く流してくれた水の天使様の慈悲《じひ》に感謝だ。

リュシーが渡してくれたのは、真っ赤に熟した美味《おい》しそうなリンゴだった。

「あ、ごめん。皮をむいた方がいいよね」

「ううん、大丈夫《だいじょうぶ》よ。そのままかじっちゃうから！　いただきまーす。……わあ、このリンゴおいしいね！」

「まだあるよ？」

「いいの？　ありがとう！」

二個目にすぐかぶりつく。乙女《おとめ》としてどうかと思うけれど、空腹には勝てない。

「もしゃもしゃ食べてるコハネ、可愛いね。リスみたい」

「ぐふっ！」

「コハネ!?」

リュシーにびっくりするようなことを言われ、リンゴをのどに詰まらせてしまった。

可愛い、そして美しいのはあなたです！

「ご、ごめん。大丈夫……」

「ふふっ。いい食べっぷりだね。まあ、三日も寝ていたからね」

「そう、三日も……え、三日!?」

「うん。もう一つどうぞ」

三個目をありがたく受け取る。このリンゴ、無限に食べることができそうなくらいおいしい。それにしても、三日も寝ていたのか。道理ですっきりしているわけだ。

魔力《まりょく》も戻っているし、絶好調だ。これなら解呪《かいじゅ》にも取りかかれる。

――コンコン
扉《とびら》をノックする音にリュシーが返事をすると、クレールが中に入ってきた。

「はい」

「ギ！」

「クレール！　おは…………うん？」

挨拶《あいさつ》をしようと思ったら、クレールが綺麗《きれい》なお辞儀《じぎ》をした。腰《こし》を九十度に曲げて深々と頭を下げるこの礼は、お礼というより謝罪のようだ。

「どうしたの？」

「ギー……」

「僕も謝らなきゃ。ごめん。作ってくれたごはん、みんなでもう食べちゃったんだ。一日目はコハネが起きるのを待っていたんだけれど、いつ起きるか分からないから……」

何を言われるのだとドキドキしたが、悪いどころかありがたい話だった。

「捨てなきゃいけなくなる前に食べてくれて嬉《うれ》しいよ！　ありがとう！　どうだった？」

「ギ！　ギギギッ！」

「あんなにおいしいごはんを食べたのは初めてだよ！　クレールさんもおいしかったって

言っていたよ」

「本当？　よかった！」

ホッと胸をなで下ろしていると扉が開き、リックが入ってきた。

「お、起きたか」

「ギ！」

「そうそう。コハネがいるんだからノックしなよ」

「え？　ああ！　ごめん」

「ふふ。大丈夫よ」

リックは二人に叱《しか》られてしまったが、リュシーが元の姿に戻り、こうして『会話』を聞けるようになったことが嬉しい。

「あ、そうだ。私、体調がいいの！　今からクレールの解呪をしよう！」

「ギ」

「だめ」

「え？　なんで？」

「あのな、コハネ。ここに来てそんなに経《た》っていないのに、ポコポコ倒れているだろう？」

「そんな、おきあがりこぼしじゃないんだから。ポコポコは倒れて……るかな？」

「倒れているぞ！　みんなで相談して、もうコハネに無理をさせないって決めたんだ」

「ギ！」

「え、でも……本当に大丈夫なんだよ？」

「ギ」

「「だめ」」

再度拒否《きよひ》をすると、クレールは外に行ってしまった。逃《に》げられた！

「さすが先輩《せんぱい》！　コハネの気持ちはありがたいけどさ、しばらくゆっくり休んでくれよ」

「むむ……」

本当に大丈夫なのに、みんなは心配性《しょう》だ。でも、少し無理をして解呪をした結果、エドに迷惑《めいわく》をかけてしまったから、しばらくはおとなしくした方がいいかもしれない。

「ねえ、リック。エドとパトリスは？」

「外にいるよ」

エドの体調が気になる。心配だから様子を見に行こう。


みんなから聞いたエドの居場所を目指して歩く。エドはリュシーの呪いを解く場となった、あの池にいるらしい。

「……いた」

池のほとりに伏《ふ》せているエドを見つけた。水面以上に金のフェンリルは輝いている。

「エド！」

声を掛けて駆《か》け寄ったがエドは動かない。体がゆっくりと上下し、呼吸をしているのは分かる。眠《ねむ》っているのかと顔を覗《のぞ》くと、やはり瞼《まぶた》が閉じられていた。

「グ……グゥ……」

「エド？」

苦しそうなうめき声だ。目を瞑《つぶ》ったままだが、眉間《みけん》には深い皺《しわ》が刻まれている。

呪いの影響《えいきょう》で悪夢を見ているのかもしれない。起こしてあげた方がよさそうだ。

エドの体を揺《ゆ》すろうと手を伸《の》ばした、その瞬間《しゅんかん》――。

「グル……グルルルァッ!!」

「きゃあ！」

飛び起きたエドに押し倒され、前足で地面に押さえつけられた。胸を押さえられていて苦しい。息ができない。

「エ、ド……！」

「………っ！　グォ!?」

蒼《あお》い目と視線が合った瞬間、エドは私に気づいたようで、慌《あわ》てて前足をどかした。

「グ、グルゥゥゥゥ……」

しっぽも頭も、地面にめり込んでしまいそうなほど下がっている。しょんぼりしている
エドに「大丈夫」と言ってあげたいが、ごほごほと咽《むせ》てしまって声にならない。

大きく息を吸い込み、呼吸を整えると、ようやく話すことができた。

「こほっ。もう、大丈夫よ。嫌《いや》な夢を見たのね？」

「グゥ……」

「そんなに落ち込まないで。私は何ともないから！」

「……グォ」

「気にしないで。本当に大丈夫だからね？」

慰《なぐさ》めるように、金の長い毛に覆《おお》われた背中を撫《な》でた。するとエドがこちらをジーッと
見て来たのでハッとした。本当は人間だから、こんな風に撫でられるのは嫌だったかも！

「ごめんね、馴《な》れ馴れしく触《さわ》って！」

「グルッ」

「……触ってもよかったの？　じゃあ……まだ撫でていい？」

「グォ」

お言葉に甘え、遠慮《えんりょ》なくなでなでさせて貰《もら》う。金色の綺麗な毛なのに、自然の中で暮ら

しているから、汚《よご》れていてサラサラではないのが残念だ。

「悪夢の原因は、呪《のろ》いが悪化しているからね。私が一人でリュシーの呪いを解くことができなかったから……ごめんなさい」

「グルッ」

エドは頭を横に振《ふ》っている。謝らなくていい、ということだろう。

「エドがリュシーの呪いの一部を引き受けてくれたこと、みんなに話してもいいの？」

「グルゥ」

エドは再び、ゆっくりと頭を横に振った。

「リュシーが気にしちゃうといけないから？」

「グルッ」

「うん。そう言うと思った。……みんな優《やさ》しいよね」

「グゥ？」

「私にしばらく解呪はしなくていいって言うのよ。エドもでしょう？」

「グル！」

「……私、呪いを解くこと以外に役に立てないのになあ」

聖女であることしか私には価値はない。いや、聖樹の浄化《じょうか》もすべて終わったし、ダイアナに聖女の座を奪《うば》われたから、聖女と名乗っていいのかも分からない。

呪いを解ける、ということ以外に、私の存在意義はあるのだろうか。

「グオオッ」

エドが首を横に振っている。

「そんなことない、って言ってくれているのね。ありがとう」

「グゥ！」

エドが何かを必死に伝えようとしてくれているが……何だろう？

「グオ！　グオ！　グルルルッ！　グオッ！」

「⁇」

「グオ――ン！」

「……ふふ。ごめん、全然分からないっ！」

こんなに迫力《はくりょく》があるフェンリルが、一生懸命《いっしょうけんめい》何かを言っている姿が微笑《ほほえ》ましい。

「笑ってごめんね！　でも、エドが可愛《かわい》くてっ」

エドが複雑そうな顔をしているが、我慢《がまん》しても笑いが込み上げてくる。

「グオ！」

エドが口をパクパクして、何かを伝えようとしている。

「なんだろう……ごはん？　もしかして、私の作ったごはんが美味《おい》しかった、って言ってくれているの？」

「グオオオ！」

嬉《うれ》しそうにこくこくと頷《うなず》いてくれているので、正解したようだ。拍手《はくしゅ》！

私が「役に立てない」と言ったから、ごはんが美味しかったと言ってくれたようだ。

フォローしてくれるエドの気持ちが嬉しくて、私は少し心が楽になった。

「私、みんなの仲間でいていいかな」

この世界での私の「家」だと思ってもいいのだろうか。

ぽつりとつぶやくと、隣《となり》に腰《こし》を下ろしたエドが、尻尾《しっぽ》でぐるりと私を包んでくれた。

……これ、とても安心するなあ。「いてもいい」と言ってくれているのが分かる。

「早くエドと話がしたいよ」

こうやってフェンリルのエドと一緒《いっしょ》にいるのも素敵《すてき》だけれど、エドの声が聞きたい。

言葉を交《か》わして、エドがどんなことを考えているのか、感じているのか聞いてみたい。

「元の姿に戻《もど》ったら、エドの話をいっぱい聞かせてね」

「グオッ」

「ふふっ、今のはどっち？　いいよって言ったの？　ダメって言った？」

「グオッ」

「だから、どっちなのー」

こういう魔物《まもの》の姿だからできる楽しいやり取りは、今のうちに存分に楽しんでおきたい。

魔物の姿であっても、エドはエドだ。色んなエドを知りたい。

「ねえ、エド。言いづらいんだけれど……私、思い切って伝えたいことがあるの……」

「グ、グオ？」

エドが動揺《どうよう》している。私も緊張《きんちょう》するが、これは伝えないといけない。

「エド、臭《くさ》い」

「…………。…………グオッ!?」

ショックを受けたのか、大きな口をぱっかりと開け、呆然《ぼうぜん》としている。大丈夫《だいじょうぶ》、私がエドをいい匂《にお》いのモッフモフフェンリルにしてあげるから！

「体を洗おうね。あ、そうだ。この際、お風呂《ふろ》を造ろう！」

紙束とペンを取り出し、図面を描《か》いていく。リックが描いたような立派なものではなく、簡単な見取り図だ。せっかくだから、みんなも使える大浴場がいい。

女湯は私しか使わないから小スペースで、男湯は魔物の姿のエド達が体を洗うことができる洗い場も必要だから大規模にしよう。湯船も広くしたいし、露天《ろてん》風呂も欲しい。

エドが私の手元を覗き込んできたので、大浴場建設を考えていると説明すると、大きな尻尾がブンブン揺れた。大賛成のようでよかった。

聖魔法で何かを作るときは、材料があると私の負担は少なくなる。だから、エドに「木が欲しい」と頼《たの》むと、魔法で周囲の木を切って、あっというまに積み上げてくれた。

おばあちゃんと行ったことがある温泉施設《しせつ》をモデルにしたのでイメージが固まったし、案外楽に創造できそうだ。

「じゃあ、造るね！」

横にいるエドに声をかけると、「グオッ！」と返事をしてくれた。

尻尾が楽しそうに揺《ゆ》れているので、わくわくしながら見守ってくれるようだ。

頭に完成図を思い浮《う》かべ、聖魔法を発動する。すると、地響《じひび》きが起こり、目の前一帯に真っ白な光が広がった。

十秒ほど地響きと光が続いたが、それが収まると立派な大浴場ができ上がっていた。

大きな木製の建物で、キャンプ場にあるような外観。イメージしていた通りだ。

「グオオオオッ！」

尻尾の激しい揺れと音の高い鳴き声で、エドの興奮が分かる。造った私も大興奮だ。

「エド、行こう！」

「グオッ！」

わくわくしながら、二人でのれんを潜《くぐ》る。

「わあ……！　ちゃんとできてる！」

内装もイメージ通りにできていた。ただ、建物だけで備品がないのが寂《さび》しい。ジュースを飲んで休める場所や、卓球台《たつきゆう》を置いて遊んだりしたい。

「……うん。明かりもつくし、お湯もちゃんと出ているわね」

施設の管理は魔力《まりょく》でできるようになっている。電気の代わりに魔力を使う感じだ。お湯も魔力で出しているし、温度管理やお湯の浄化も魔力で行う。

「じゃあ、エドを洗おうか！　外の方に行くよ」

「グオッ？」

汚《よご》れがひどい時は、外付けの洗い場を使う。今回はまさにそれだ。

「グオッ……」

「中のお風呂は綺麗《きれい》になってからね！」

がっかりしているエドを引き連れ、外の洗い場に行く。ポケットから石鹸《せっけん》やブラシなどの道具を取り出すとゴシゴシとエドの体を洗い始めた。

シャワーで流すと、エドの体から流れた水が黒かった。やっぱり外で洗ってよかった。

毛が多くて悪戦苦闘《あくせんくとう》したが、なんとかエドの体を綺麗に洗うことができた。

魔法で乾《かわ》かし、モフモフ黄金フェンリルの完成である。

「綺麗……素敵！　かっこいい！　エド、いい匂いになったね～！」

思わず飛びつくと、石鹸の匂いがした。顔を埋《うず》めてスリスリしてしまう。

「グル……」

「あっ、ごめんね。モフモフ堪能《たんのう》しちゃった」

エドが戸惑《とまど》っているのが分かったので、慌《あわ》てて離《はな》れた。とっても名残惜《なごりお》しいけど……！

「グオゥ！」

エドは自分の体を確かめると、嬉しそうに尻尾を振った。

「さっぱりした？」

「グル！」

身だしなみはやはり大事だ。みんなの服もちゃんとしたものを揃《そろ》えたい。何かお揃いのものを用意してもいいだろうか。みんなにかっこいい服を着て貰《もら》いたい！

時間はたっぷりあるだろうし、裁縫《さいほう》を始めてみてもいいかもしれない。

リノ村の聖樹の再浄化《さいじょうか》に失敗した私は考えた。浄化の複製に問題があった可能性があるので、できれば複製をやり直したい。そのためにはコハネに会う必要がある。

私は城を抜《ぬ》け出し、こっそりと聖域の前までやって来た。聞いていた通り、聖域の結界は存在していた。中に入ることができるか試《ため》してみる。

「……無理か」

浄化の能力を持っていたら入ることができるかもしれない、と思ったのだがだめだった。

「お前は偽物《にせもの》だ」と言われたようで腹が立ち、悪態をつきそうになった、その時――。

「聖女様……？」

驚《おどろ》いて振《ふ》り向くと、そこには護衛騎士《きし》の一人が立っていた。彼は確か、ウエストリー出身の田舎《いなか》騎士だったと思う。

「あなたは……どうしてここに？」

「聖女様の護衛を任されていますので、後方で見守らせて頂いていました。聖女様は、どうしてこちらに？」

後をつけられていたなんて気づかなかった。面倒《めんどう》だが、なんとか誤魔化《ごまか》さなくては……。

「コハネ様の様子が気になって……。森での生活は大変でしょうから」

「なるほど。そうでしたか」

上手《うま》く誤魔化せたようだが、こいつがいては上手くことを運べない。出直すしかないかと考えていると、森の茂《しげ》みから人が現れた。それは水色の髪《かみ》の綺麗な男の子だった。ただの綺麗な子、ではない。思わず息を呑《の》んだほどの、メレディス様級の美少年だ。

「あ、あなたは……？」

「あんたこそ誰《だれ》」

動揺しながらもにこやかに話しかけたのに、無表情でそっけなく質問をされた。

「わ、私はダイアナと申します」

「ここで何をしている」

私のような綺麗な女の子に、どうしてそんなに愛想《あいそ》がないのか。そもそも、何者？

「あの、ここは聖域なのでは？　中にいるあなたはもしや……聖なる使い？」

「はあ？　何言ってるの？」

無表情のままだが、私を馬鹿《ばか》にするような声色《こわいろ》にムッとしてしまいそうになる。

「この聖域に入ることができるのは、聖女と聖女の騎士だけだから」

「え？　聖女の騎士？」

言葉通りだと「聖女を守る専属の騎士」ということ？　まさか、コハネを守っている？

「聖女様、この者はどういう……」

「聖女？」

私に話しかけてきた田舎騎士を見て、美少年は首を傾《かし》げている。そして、ちらりと私を見ると、「フッ」と笑った。とても癇《かん》に障《さわ》る笑みだ。

「おい！　解けたからって黙《だま》って森を出るなよ！」

森の奥から更《さら》に一人やって来た。また上級のいい男！　美形だけれど、よくある茶色の髪だから親しみを持てる。まさか、この男も聖女の――コハネの騎士だというのか。

「僕は近くをうろつく不審《ふしん》者がいるから見に来たんだ」

「そんなもん、放《ほう》っておけばいいだろう。戻《もど》るぞ」

あとから来た男は、私には見向きもせず去っていく――。何か情報を聞き出したい。慌てて呼び止めると、水色の髪の美少年が振り返った。

「用があるなら入ってくれれば？　『聖女様』？」

それだけ言うと、私の制止も聞かず森に消えた。どうなっているのだろう。木でも蹴とばしてやりたいところだが、騎士がいるからそれさえできない。

とにかく、今はコハネからの再複製は諦《あきら》めて出直すしかないだろう。

どうして私のそばにいるのは田舎騎士で、コハネのそばにはあんなにとびきりいい男が二人もいるのよ！　……面白《おもしろ》くないわ。

四章　それぞれの痛み

「はあ、風呂《ふろ》はすげえな！　最高！　コハネ、牛乳貰うぞ！」

「僕も！」

「ギッ！」

大浴場で朝風呂を楽しんできたリックとリュシー、クレールが、休憩所《きゅうけい》にやって来た。設備として設置した冷蔵庫から牛乳を取り出し、三人並んで一気飲みしている。微笑《ほほえ》ましい光景だが、バスタオルを腰《こし》に巻くのではなく、ちゃんと着替《きが》えて出てください！

私達は朝から大浴場に集結している……というか、大浴場で寝泊《ねと》まりをしている。まだ屋敷《やしき》を造っていないから、一番安全だし快適過ぎる。寝る時にはポケットに入れていた毛布を取り出し、みんなに配った。

リュシーは温かいと感じるのが楽しいようで、渡《わた》してからずっと体に毛布を巻いていた。しばらくすると、手で毛布を押さえるのが面倒になったのか、ヒーローのマントのようにしていたのが可愛《かわい》かった。

「グルッ……」

私の近くでまったりしていたエドが、苦しそうな声を出した。

「エド、大丈夫《だいじょうぶ》？」

エドは私が大浴場を造った日に負傷した。私がエドに抱《だ》き着き、モフモフを堪能《たんのう》していた直後——。空から急降下してきたパトリスに、思いきりドロップキックを食《く》らったのだ。

パトリスのことを考えていたら、偵察《ていさつ》に行くと言って出ていたパトリスが戻って来た。

「ヒュー、ヒュルールー」

エドは大きな鳥の足で優雅《ゆうが》に歩くパトリスに何かを言われ、顔を顰《しか》めている。

「パトリス、お帰り！　ねえ、今エドには何て言ったの？」

「『人に偵察をさせておいて、自分はコハネと楽しそうにじゃれていたので思わず足が滑《すべ》りました。あの時はすみません』だって。……多分すげえ笑顔で言っている」

リックが少し怯《おび》えた様子で解説してくれた。ハーピーのパトリスは無表情だが、確かにとてもいい笑顔をしている雰囲気《ふんいき》はある。

「副団長が笑顔の時は一番やばいよ。えげつない」

リュシーがこそっと耳打ちしてくれた。やばい？　えげつない？

パトリスは『厳しい上司』として、みんなから恐《おそ》れられているようだ。

「パトリス、あの時はごめんね。ちょっとエドの臭《にお》いが気になったから洗っていたの」

「ヒューヒュー、ヒュヒュヒュー」

パトリスの言葉に、エドがとてもショックを受けている。

「ねえ、リュシー。今度はなんて言ったの？」

「『ああ、確かに臭っていましたね。今まで我慢《がまん》してさしあげていましたが』だって」

「は、はは……」

それは言われるとつらい。私もそんなことを言われたら、しばらく立ち直れないだろう。

「そういえばパトリスは全然臭わなかったね」

「ヒュルールルー」

「『誰かとは違《ちが》って、身だしなみには気をつけていましたので』、だって。確かに、副団長は頻繁《ひんぱん》に水浴びをしたり、よく翼《つばさ》の手入れをしていたよね」

「グ、グオゥ……」

「『俺も毎日水浴びはしていた』？　ああ、そうですね。一応みんな水浴びはしましたね。でも、団長は毛も多いし獣臭《けものしゅう》が……あ、いや、おれはそんなこと思っていませんよ⁉」

エドが居心地《いごこち》悪そうにしている。リック、そのフォローは苦しいと思う。

「これからは大浴場があるからいいですよね！　あ、副団長、おかえりなさい。外の様子はどうでしたか？」

エドとの会話を誤魔化すように、リックは早口でパトリスに質問をした。

「ヒュー。ヒュル、ヒュー」

「ああ、最近ずっといますね。あの妙《みょう》な連中」

「ん？　妙な連中？」

「王都の方から来た騎士《きし》の集団だ。何の用だかわからないが、こっちを見張っているんだよ」

王都から来た騎士がこの聖域を見張っている――。心当たりがあり過ぎる。

「……その人達、私を追ってきたんだと思う」

ダイアナという聖女がいるから、私のことは放《ほう》っておいてくれるかもしれないと思ったのだが、そうはいかなかったようだ。

追っ手は森の中には入ってこられないけれど、見張られていては落ち着かない。みんなに嫌《いや》な思いをさせてしまう。私の事情を話しておくべきだろう。

「あのね、みんなに話しておきたいことがあるの」

身支度《みじたく》を終えたリック達と休憩所に集まり、円になった。

「ちょっと、長い話になるけれど……」

前置きをして、話し始める。私は異世界から召喚《しょうかん》されたこと。友情を感じていた後輩《こうはい》聖女のダイアナに聖女の地位も功績も奪《うば》われたこと。

婚約《こんやく》者である王子のアーロン様には信用して貰《もら》えず、婚約破棄《はき》になったこと。

そして、聖女の補佐《ほさ》役として飼い殺しにされたくなくて、聖域に逃《に》げてきたことを――。

「……そうか。コハネ、つらかったね」

リュシーが私の手を握《にぎ》ってくれた。自分のことのように悲しんでくれている。他《ほか》のみんなも、怒《いか》りや悲しみを含《ふく》んだ真剣《しんけん》な顔をしている。……こんな顔をさせたくなかったな。

「あはは、そうなの。大変だったの」

明るく振《ふ》る舞《ま》ったが、みんなの表情は硬《かた》いままだ。

「この国の連中は、昔も今も碌《ろく》な者がいないのか」

リックの声が怒りで震《ふる》えている。……そうか。私がみんなの境遇《きょうぐう》を聞いて心が痛んだように、みんなも私の気持ちに共感してくれているんだ。

「みんな……」

ぽっかりと空いていた心の穴が、温かいもので満たされていく――。

私の気持ちを分かってくれる人がいる。それだけでこんなにも救われる。

「大丈夫だよ。コハネを傷つけた連中は、僕が死なない程度に刻んできてあげるからね」

「リュシー、ありが……え？　ええ？　刻む？」

聖母のような優《やさ》しい声色《こわいろ》で、恐ろしいことを言うリュシーに驚《おどろ》き、感動が一気に飛んだ。

死なない程度に刻む、とは？　刻んだら死ぬと思います！

「おい、リュシアン。独り占《じ》めするなよ」

他のみんなまで勢いよく立ち上がった。本気の顔だ。気持ちは嬉《うれ》しいけれど、みんなが出陣《しゅつじん》したら大変なことになるからやめて欲しい！

「大丈夫だよ。私はみんなに会えたから！　もう平気……」

「大丈夫じゃないだろ！」

リックの張り上げた声に驚く。固まる私に、リュシーが優しく声をかけてくれた。

「ねえ、コハネ。僕達は同じ痛みを知っているよ。どれだけつらいか分かるし、コハネが我慢していることも分かる」

「…………」

ぽんと肩《かた》を叩《たた》いてくれたリュシーの温かい手や、優しい目を見て、堪《こら》えていたものがまた溢《あふ》れそうになる。

「……大きい声を出してごめん。コハネの場合はさ、何の縁《えん》もないところでがんばらなければいけなくて、おれ達よりつらかったはずだ。その上、本当は支えてくれるはずの友人と婚約者に、最後に裏切られるなんて……ひどすぎるだろ！」

「リュシー……リック……」

みんなは本当に私の気持ちに寄り添《そ》ってくれる。

「私、自分の世界に帰りたいのに、もう帰れないって言われて……」

無意識に話し始めていた。つらい話なんて聞かせたくないのに、口が動いてしまう。

「聖女だから人を助けなければいけないって言われても、自分をこんな目にあわせた人達の言うことなんて聞きたくなかった。でも、関係ないとはいえ、誰《だれ》かがどうなってもいいと思っている自分が嫌になって……」

何も言わずに、みんなは私の話を聞いてくれている。みんなに見守られていると、安心してどんどん話してしまう。

「この世界で生きていくしかない。それなら、がんばろうと思うようになった私を、アーロン様は支えてくれて……私は誰よりも信頼《しんらい》した。でも、アーロン様は私を信じてくれなかった。聖女としてがんばったことも全部奪われて……ほんと、馬鹿《ばか》みたい」

我慢できずに涙《なみだ》がこぼれる。聖域に来てから、泣いてばかりいる。

「グルルッ、グオ」

「団長の言う通りだ。コハネは何も悪くない。コハネ、この国のためにがんばってくれてありがとう」

「！　…………うん」

本当はこの国の人達や、アーロン様から「ありがとう」を聞きたかった。

「私は……正直に言うと、この国が嫌《きら》いです」

みんなが少し悲しそうな顔をした。申し訳ないけれど、私の中に確かにある想《おも》いだ。

「でも、みんなが守ったこの国の平和を、少しでも私の力で維持《いじ》することができたのだと思うと誇《ほこ》らしいよ」

私の三年間の旅は無駄《むだ》じゃなかった。もうがんばったことを後悔《こうかい》はしない。

みんなに笑顔《えがお》を向ける。すると、みんなも笑顔を返してくれた。

これからはこの聖域で「みんなと幸せになる！」という目標に向かってがんばろう。

「……よし、この話はもう終わり！　貴重なお時間、ありがとうございました！」

みんなの優しさに甘えてグスグスするのはもう終わり！　しんみりするのは強制　終了《しゅうりょう》だ。

「ふはっ！　なんだよ、それ」

深々と頭を下げると、リックが笑った。笑われたことに抗議《こうぎ》をしようと思ったその時、リックの背後に蝶《ちょう》を見つけた。開け放っている窓から入ったのだろうか。

「あれ？」

私に向かってとんで来るあの蝶には見覚えがあった。セインの連絡《れんらく》手段となる魔法《まほう》で、旅の途中《とちゅう》で何度か見たことがある。人差し指を立てると、蝶はそこに舞い降りた。

『――コハネ』

「セイン！」

蝶々からセインの声がする。

『……無事だったようだな。聖域での暮らしはどうだ。立派な野良聖女になったか？』

言い方に悪意しか感じない。やはりセインとは和《なご》やかに話をすることができない。

「おかげさまで元気ですけどね！」

『元気と暇《ひま》がありあまっているようでなによりだ。羨《うらや》ましい』

ええ、元気で暇で最高ですよ！　と心の中で毒づいた。私に投げつけるトゲトゲは絶好調だが、セインの声に張りがないことが気になった。

「セイン、疲《つか》れているの？　何かあった？」

『……お前に心配されるほど落ちぶれてはいないさ。聖域ではあまり魔法を維持できないようだ。手短に言うが、しばらく聖域から出るな』

「もう、一言多いんだから……。聖域から出るつもりはないけど、どうしたの？」

『お前は知らなくていい』

「そう言われると気になるよ！」

『また良いように使われ、利用されたくなければ大人しくしていろ』

真面目《まじめ》なアドバイスのようだ。こういうときは大人しく従っておいた方がいい。

「……わかった。あ、そうだ。相談があるの」

『のんびり話す時間はない。もう少しでこの魔法は消えるぞ』

「え、待って、待って！　まだ消えないで！　今の私では解けないような、強力な呪《のろ》いを解きたい場合にはどうしたらいい？」

『あきらめろ』

「セ　イ　ン！」

真剣な質問に対して、それはあんまりだ。

『……はあ。一度に解けないなら、段階的に解け。呪いの一部を改変する工程が必要になるため高度な解呪《かいじゅ》になるが、お前には便利な聖魔法がある。なんとかなるだろう』

「！　呪いを区切って解除するのね!?　私、どうして思いつかなかったんだろう」

『馬鹿だからだ』

「セイン？　もしかして、私に嫌味《いやみ》を言ってストレス解消しているの？」

『率直《そっちょく》な意見を言っただけだ』

相変わらずの扱《あつか》いに抗議をしたいが、時間がないからまた今度に取っておこう。

そんなことを考えていると、セインが突拍子《とっぴょうし》もないことを聞いてきた。

『お前、第二王子との婚約破棄は後悔していないか？』

「……はい？　どういう意味？」

『言葉のままだ。王太子が知りたがっている』

「王太子様が？」

城で過ごしていたときに、何度か会ったことがある。怖《こわ》いほどに綺麗《きれい》で、いつも笑顔だけれど、何を考えているか分からない人だった。

魔力《まりょく》はとても多いが、病弱で王位を継《つ》げるのか不安だ、という噂《うわさ》があった。でも、私が見た限り、あの人の健康状態に問題はなかったと思う。

噂を利用して何をしているのか気にはなったが、近づくと藪《やぶ》から蛇《へび》が出そうで怖い。

もう城の人と関《かか》わるつもりはないから、どうでもいいことだが……。

「未練なんてないよ。まったく！　微塵《みじん》も！」

アーロン様のことを考えると、悲しみと怒《いか》りが湧《わ》いてくるだけだ。でも、別に「不幸になって欲しい」とは思わない。関わらずにいられたらそれでいい。

こんなに落ち着いて考えられるようになったのは、きっとみんなのおかげだ。

「あっ」

どうしてそんなことを聞くのか尋《たず》ねたかったのに、セインの蝶はパッと消えてしまった。

蝶の形を保っていた魔力が切れてしまったのだろう。

「……コハネ、大丈夫《だいじょうぶ》か？」

リックが私の顔色を窺《うかが》ってきた。みんなも心配そうにこちらを見ている。アーロン様の話題が出たから、私のことを気《き》遣《づか》ってくれているようだ。

「元気いっぱいだよ！　解呪について、いいこと聞けたね。早速試《さっそくため》してみてもいいかな?」

「ヒュルーヒューヒュー」

『私は構いません。改めて確認《かくにん》をしますが、コハネの体に大きな負担はないのですね?』って副団長は言っているよ」

通訳してくれたリュシーも心配そうにしてくれているので、大丈夫だと大きく頷《うなず》いた。

「任せてよ! 私、今張り切っているの!」

パトリスは納得《なっとく》してくれたようで、翼《つばさ》の腕《うで》を差し出してくれた。話が早くて助かる。

向かい合って腕を掴《つか》み、段階的な解呪を試みる。

呪いを風船に例えると、今までは一息で一気に空気を吹《ふ》き込み、風船を割っていた。一息でやらなければいけないと思い込んでいたので、リックの小さな風船は割れたが、エドの大きな風船は割れるか不安だった。

でも、セインのおかげで一息ではなく、何度も息継《いきつ》ぎをしてもいいと気づけた。これで酸欠になって倒《たお》れることもなく、余裕《よゆう》を持って風船を割れるのである。

パトリスに魔力を注ぎ、状態を見ながら呪いを解いていく。白い光がパトリスの体を包んでいく。問題なくできそうだ。

思っていた以上に上手《うま》く、段階的に呪いを解く聖魔法を作ることに成功した。

「成功したわ! パトリスの呪いが軽くなったから、もう悪夢を見ることはないはず!」

みんなとハイタッチをして喜んだ。エドのハイタッチは肉球が見えて、すごく癒《いや》された。

「ヒュルー！」

「気分がすごくすっきりしている、って喜んでいるよ。良かったですね、副団長！」

「ヒュー！」

「次はエドね」

エドの呪いは一番厄介《やっかい》だが、パトリスと同様に悪夢をなくすくらいはできるだろう。すぐに段階的な解呪を施《ほどこ》すと、すんなりと成功することができた。

「グルッ、グオオッ!!」

「団長も信じられないくらい心身共に楽だって言っているよ」

「じゃあ、クレール……あれ？　クレール!?」

周囲を捜《さが》すが、クレールの姿がない。そういえば、さっきから声がしていなかった。

「クレール、どこに行ったんだろう」

「……クレール先輩《せんぱい》、まだコハネと向き合うのが怖いんだと思う」

どういうこと？　首を傾《かし》げると、リックはクレールについての話を聞かせてくれた。

「クレール先輩、結構な人見知りでさ。目つきが鋭《するど》いから、睨《にら》んでいないのに睨んでいると勘違いされて、よく怖がられるんだよ。特に女性と接するのが苦手なんだ」

リュシーもクレールについて教えてくれた。

「ゴブリンって女性を攫《さら》うから、女性には特に嫌《きら》われているだろう？　だから、クレールさんはよく悲鳴をあげて逃《に》げられたり、罵倒《ばとう》されたりしたんだ」

ゴブリンになったことで、人見知りと女性への苦手意識が増したということか。

「コハネと初めて会ったときもすごく緊張《きんちょう》していたんだよ？　コハネに怖がられるかもってビクビクしていたんだけれど、嫌《いや》がらずに丁寧《ていねい》に挨拶《あいさつ》を返してくれたから、クレールさんはすごく喜んでいたんだ」

「そうだったんだ……」

私は気づかって貰《もら》うばかりで、クレールのことを分かってあげられずにいたようだ。

「私、ちゃんとクレールと話し合ってみたい」

「それがいい。おれからも頼《たの》む。先輩、畑に行っているんじゃないかな」

「畑があるの!?」

「ああ、クレール先輩が作ったんだよ」

私も畑を作りたい！　ますますじっくり話をしたくなった。

「私、クレールのところに行って来る！　リック、案内してくれる？」

「もちろん！」

案内して貰い、畑へと向かう。到着《とうちゃく》すると、二人でじっくり話せるようにと、リックは大浴場に戻《もど》って行った。

「先輩、かなり人見知りを拗《こじ》らせているんだよ。話せるようになっても、口下手だから全然喋《しゃべ》らないかもしれないけど頼むな！」と、私が気負わないように茶化して言っていたが、クレールのことが心配なのだろう。みんな、仲間思いだな。

「わあ……」

クレールが一人で手入れをしているという畑を見渡《みわた》す。整地して作ったようで、綺麗な長方形の大きな畑だった。

こんな大きな畑の世話をするのは大変だと思うが、クレールは一人でやっているらしい。

「この森にも、こんなに野菜があるんだ……」

見覚えのある野菜が畑にたくさん並んでいる。じゃがいも、タマネギ、かぼちゃ、にんじん、トマト、ナス――。他《ほか》にも色んな野菜があった。

この国は一年中過ごしやすい気温と気候が続く。四季がないからなのか、異世界仕様なのかは分からないが、日本では違《ちが》う季節に育つ野菜もいっしょに植えられている。

でも、残念ながら、畑の作物はほとんど育っていなかった。小さいままだったり、茶色くなって枯《か》れたりしている。

そういえば、みんなはまともに野菜を食べていないと言っていた。ちゃんと食べられるようになるまで生長させることができなかった、ということだろう。

真面目《まじめ》なクレールが手を抜《ぬ》いて世話をするとは思えないので、畑に何か作物が育たない理由があるのかもしれない。

「あ、いた」

畑の奥の方にクレールがいた。しゃがみ込んで草むしりをしている。

「クレール」

クレールの隣《となり》にしゃがみ、話しかけると肩《かた》がびくりと跳《は》ねた。驚《おどろ》かせて申し訳ない。

ちらりとこちらを見たクレールだったが、何も言わず草むしりを再開した。

「大きくて立派な畑だね！」

「…………」

クレールから返事はない。無視というより、何を言ったらいいのか分からないのだろう。

「作物、あまり育たないの？」

「…………ギ」

「土に栄養がないのかなあ」

力になりたいけど、専門知識がない。でも、私はパッと解決する方法を持っている。

それは何でもありの聖魔法《まほう》だ。聖魔法で野菜が育つ畑にすることができるし、なんなら種から一気に野菜を生長させることもできる。だが、それをするのは、クレールの努力を踏《ふ》みにじることにならないだろうか。

作物が育つことを優先したいのであれば、魔法を使ってもいいかもしれないけれど……。

私が悩《なや》んでも仕方がないので、クレールに聞いてみた。

「あのね、私の聖魔法で、土と植えている野菜を元気にすることができるの。クレールさえよければ魔法をかけてみるけれど、どうする？」

「⁉　ギ！」

クレールが目を輝《かがや》かせた。「断られるかも」と思っていたから、この反応は予想外だ。

「ギッ！　ギギギッ！　ギギッ！　ギギギッ！」

「……えっと？」

どうしよう、助けてリック！　せっかくクレールがこんなにテンション高く話してくれているのに、何を言っているのかさっぱり分からない！

「ギ！」

クレールは私の手を取ると、どこかに向かって歩き始めた。見せたいものがあるようだ。

そして、少し進んだところで立ち止まると、一つの畝《うね》を指差した。

「これは……イチゴ？」

葉が茶色になっていて枯れそうだが、それはイチゴだった。そういえばクレールは甘いものが好きだ。イチゴはデザートによく使われているし、クレールは好きなのだろうか。

「イチゴが好きなの？」

クレールは頷いたあと、私を指差した。

「私？　あ、もしかして、私にもくれるの？　畑や野菜が元気になったら、一緒《いっしょ》に食べようってことかな？」

「ギ！」

感激だ！　好きなものを共有しようとしてくれるクレールの気持ちが嬉《うれ》しい。

「そうだね！　このイチゴでデザートを作って食べたいね！」

「ギギッ！」

「ふふ、分かった。その前に……。私、クレールと話がしたいの。畑の話もちゃんと聞きたい。だから、話ができるように解呪《かいじゅ》してもいい？」

「！」

クレールの動きがピタリと止まった。楽しい空気の流れで快諾《かいだく》してくれるかと思ったけれど、そうはいかないらしい。

「嫌だったら無理強《むりじ》いはしないけれど、私はクレールと話したいよ。もっとクレールのこと知って仲良くなりたいし」

「ギ、ギギ……」

「私のことは苦手な『女の子』じゃなくて、『仲間』だと思ってみてくれないかな？」

私の言葉に、クレールはハッとしていた。

「…………」

黙《だま》ったまま考え込んでいる。少しすると、迷いながらもおずおずと手を出してくれた。解呪を受けてくれるようだ。

「ありがとう、クレール」

「……………ギ」

クレールの小さな手を掴《つか》む。繋《つな》いだ手から緊張が伝わってくる。

大丈夫《だいじょうぶ》だよという思いを込めて、手をギュッと握《にぎ》った。クレールと目が合ったので微笑《ほほえ》むと、緊張は少し和《やわ》らいだようだった。

「始めるね」

段階的な解呪の感覚は、パトリスとエドのときでばっちり掴めた。魔力《まりょく》で繋がると、クレールの体が光に包まれた。クレールが話せるようになるまで、難なく解呪できそうだ。

思い通りに解呪することができたので、ゆっくりと手を離《はな》した。

「……どう？」

「……コ……コハネ」

「！」

い……いい声……！　圧倒的《あっとう》クールイケメンボイスで驚いた。姿はまだゴブリンなのに、イケメンオーラがすごい！

「久しぶりに自分の声を聞いた。……変か？」

「とても素敵《すてき》だよ！　クレールの声が聞けて嬉しい！　解呪させてくれてありがとう」

「礼を言うのはオレの方だ。……さっきは黙って逃《に》げてすまなかった」

パトリスとエドの解呪をしていたときにいなくなったのは、やはり逃げていたようだ。

「私と話すのが怖《こわ》かったの？」

「…………」

私の質問にクレールは黙った。しまった、直球過ぎたかもしれない。言いにくいことを聞き出すこともない。畑の話を聞こうかと思っていると、クレールが口を開いた。

「……以前、ここに聖女様が来たことがあった」

「そうなの？　テレーゼ様が？」

「いや、他の聖女様だ。名前は知らない」

そうか。聖女はテレーゼ様と私以外にもいる。みんなは不老になり、とても長い間ここで暮らしていたから、その間に何人かの聖女様が訪《おとず》れていても不思議じゃない。

「聖域に入ってきた聖女様と、最初に出会ったのがオレだったんだ。聖女様はオレを見て、悲鳴をあげて逃げていった。元々人付き合いは苦手だったが、それから余計に女性に対してはどうしていいか分からなくなった。オレは誰《だれ》にも嫌《いや》な思いはさせたくないんだ」

そう語るクレールは、とても寂《さび》しそうだった。相手を思いやり、人と距離《きょり》を置く選択《せんたく》をしているクレールを見ていると胸が苦しくなる。

「ねえ、クレール。傷ついてもいいんだよ？　魔物《まもの》を見て驚くのは当たり前だから、聖女様に怯《おび》えられて傷ついた自分が悪い、って思っていない？」

「！　そ、それは……」

「その聖女様もびっくりしたんだから仕方ないよね。でも、クレールが傷ついたのだって当然だよ。誰だって悲鳴をあげて逃げられたりしたら傷つくよ。悲しいよ」

「そうだろうか。オレは騎士《きし》なのに？」

「うん。騎士だって同じ人間だよ」

私は頷《うなず》いたが、それでもクレールは納得《なっとく》しきれないのか、思案しているようだ。ずっと心に抱《かか》えていたことだから、簡単には考えを変えられないのかもしれない。でも……。

「傷つけてしまったら謝って、傷ついたなら悲しいって伝えて……そうやって仲良くなっていこうよ。私達は」

私の思いを伝えると、クレールは静かに頷いた。今はこれで十分だ。

「明日《あした》、元の姿に戻《もど》ってくれる？」

「……ああ。よろしく頼《たの》む」

よかった。心配しているみんなにいい報告ができる、と思っていたら……。

「コハネ、畑を元気にしてくれるか？　いつもあと一歩のところまで育つが、最終的には枯《か》れてしまうんだ。土の乾燥《かんそう》が原因かと思い、水分の状態を管理してみたがだめだった。

肥料が悪いのかと思い、雑草や落ち葉などで何種類か作り、与《あた》える量も変えて試《ため》してみたがどれも上手《うま》くいかなかった。虫や動物が悪さをしていないか見張ったこともあったが、それも違《ちが》った。温度変化の可能性も考えてみたが……」

「え、あ、うん……」

捲《まく》し立てるように話されて、私は目が点になった。ねえ、リック！　リュシー！

口下手って聞いていたけれど、クレール、すごく喋《しゃべ》りますけど！　興味があることには饒舌《じょうぜつ》なタイプなのだろうか。そんなことを思いながら、クレールが育てた野菜を見る。

「もしかしたら、病気かもね」

「病気……」

「うん。私のおばあちゃんが庭で育てていたプチトマトが病気になったの。子供の頃《ころ》のことだからよく覚えていないんだけれど……青枯病《あおがれびょう》だったかな？」

「青枯病……」

「目に見えない菌《きん》が原因なんだけど、聖魔法《まほう》ならそういうものも取り除いて、作物を育てられる土にできるから安心して」

「ああ。頼む」

作物に関する聖魔法は、農業をしている人達の手助けをしたり、自分達が食べるものをその場で育てたりしたので、旅の途中《とちゅう》によく使った。

クレールの畑は広いが、使い慣れている魔法なので問題なく成功できるだろう。

聖魔法を使うと、畑全体を光が包んだ。すると、土は作物の育つ肥えた土に、野菜はみずみずしさを取り戻した上、収穫《しゅうかく》できる段階まで一気に育った。

野菜はそこまで育てるつもりはなかったのに、私は張り切ってしまったようだ。

「…………」

クレールは無言で畑を眺《なが》めていた。「そこまでしなくてもいい」と怒《おこ》っているのかなと思ったが、目が輝《かがや》いているので喜んでいるようだ。よかった。

「コハネ、ありがとう！」

「どういたしまして」

土や野菜が元気になって嬉しい。そして、クレールの笑顔《えがお》を見ることができてよかった。

「コハネ～！！！」

呼ばれて振《ふ》り向くと、遠くにみんなの姿があった。

「みんな！」

大きく手を振って応《こた》える。みんなは元気になった野菜を見て歓声《かんせい》を上げていた。

「大丈夫かなと思って様子を見に来たんだけど……すごいな！」

駆《か》け寄って来たリックの言葉を聞いてクレールも誇《ほこ》らしげだ。

「ねえ、クレール。みんなに収穫を手伝って貰《もら》わない？　みんなでやると楽しいよ？」

「ああ。そうだな」

のんびり畑仕事、これぞスローライフだ。

私はこれがしたかった！　……と思っていたら——。

「うん？」

楽しい気分に水を差す、嫌な気配を遠くに感じた。ここから距離があるけれど、あちらかな……と思ったのは王都の方だった。王都というより、聖樹？

「コハネ？　何かあったの？」

「……ううん、なんでもない」

王都にはダイアナがいるのだから大丈夫だろう。

「イチゴ美味《うめ》え……」

「あ、こら、リック！　まだ食べちゃだめ！」

「ちょっとだけ……痛っ！　先輩《せんぱい》、今本気で蹴《け》りました!?」

聖樹に何かあっても、もう私には関係ないや！


城に戻ってから、私の周りで変化があった。まず、私はアーロン様の部屋に出入りすることができなくなった。理由は、アーロン様が「忙《いそが》しいから」だと言われている。

確かに今、王都近辺でも魔物の姿が目撃《もくげき》されたことで、アーロン様は対応に追われている。

王都の聖樹も私が浄化《じょうか》したのに、どうして魔物が現れるのだろう。何が悪かった？

くるい始めた『聖女として悠々自適《ゆうゆうじてき》に暮らす計画』を、どこで修正するか――。

頭を抱える日々が続いていたが、そんなある日、アーロン様が聖域に向かう準備をしているという話を偶然《ぐうぜん》耳にした。そんな話を私は聞いていない！

私に黙《だま》って聖域に行くなんて、コハネを説得して連れ戻す気？

「アーロン様より先に森へ行こう」

コハネが戻ってこないように仕向けたい。もしかすると、説得しなくてもコハネは戻るつもりはないかもしれない。

コハネの下《もと》には、二人もとびきりいい男がいたから、案外楽しく暮らしていそうだ。

そういうことなら能力の再複製だけ済ませ、ずっと森にいるように話してこよう。

森の生活は不便だろうから、物資を融通《ゆうずう》すれば協力関係を築けるかも？

コハネと話しているところは誰にも見られてはいけない。こっそり城を抜《ぬ》け出し、森に向かおうとしたのだが……。

「聖女様、どちらに向かわれるのですか？」

城を抜け出し、王都を出ようとした私に声を掛《か》けて来たのは、あの田舎騎士《いなか》だった。ついて来るなと言っても来るだろうし、これからのことを手伝わせよう。田舎の騎士だし、扱《あつか》いやすいはずだ。都合が悪くなれば、田舎に返してやればいい。

「あなた、聖女の力になるために騎士になったのよね？」

「はい。……お世話になった聖女様はコハネ様でしたが」

「何？　ぶつぶつ言わないではっきり言いなさいよ。聞こえないわ」

「！」

今まで優《やさ》しく対応していた私の変化に驚《おどろ》いたようだった。利用して使い捨てるつもりの田舎騎士に取り繕《つくろ》う必要はない。

「す、すみません。王都からは出ないようにと、アーロン様が……」

「うるさいわね。黙って私について来なさい」

「で、ですが……」

私を止めようとする田舎騎士を無視して歩く。だが、王都の門を出てすぐのところで、騎士達が集まっているのを見つけた。

「聖女様……」

「静かにしなさい。話しかけないで！」

姿を隠《かく》して様子を見ていると、他《ほか》に商人達の姿もあった。彼らの馬車には、どれにも破損がある。耳を澄《す》ませて探《さぐ》っていると、商人達の会話が聞こえてきた。

「魔物《まもの》に襲《おそ》われるなんてツイてないな」

「ああ。王都の近くでこんなことが起きるなんて初めてだよ」

この商人達の馬車は、魔物に襲われたようだ。魔物は討伐《とうばつ》したと聞いていたが、また新たに魔物が現れたということ？

「王都は聖樹の浄化が済んだばかりなのに魔物が出るなんて、どうなっているんだ！」

「リノ村の方にも魔物が出たらしいぞ。村の連中は避難《ひなん》したそうだ」

「あそこにも聖樹があったはずだが……。聖樹の近くなら魔物は出ないはずでは？」

「そのはずだがなあ。あそこの聖樹も、浄化が終わったばかりなのに……」

「儂《わし》は三年前に浄化された聖樹の近くから来たが、魔物なんてまったく出ないぞ？」

「そうなのかい？」

「ああ。聖女様が最初に浄化された聖樹が近くにあるんだよ。今も神々《こうごう》しい光を放っているよ」

街中でこんな話が出るなんて、かなりまずい状況《じょうきょう》。彼らはまだ、『魔物が出た場所』と『出ていない場所』の違《ちが》いが分かっていない。でも、気づいてしまったら……！

「それにしても、あんたのところの商品はものがいいねえ！」

焦《あせ》る私の思考を遮《さえぎ》るような大声が聞こえてきた。先ほどの商人達が話題を変えたようだ。

「そうだろう？　この葡萄酒《ぶどう》なんて最高だぞ。聖女様の奇跡《きせき》に感謝さ！」

「おや、あんたの葡萄畑には魔物が出ていたのかい？」

「いやいや。うちの畑に魔物はいなかったよ。聖女様は聖樹の浄化だけではなく、うちの農地に『土が肥える魔法』をかけてくれたんだよ！」

「農地に……魔法？」

「ああ。うちの土壌《どじょう》は水分が少なくてね。あまり良いものが作れなくて、売っても大した値がつかなかったんだ。でも、聖女様が土を良くしてくださってからは、うちの作物は評判が良くてねえ。それらを使って作った商品は飛ぶように売れるし、黒の聖女様々だ！」

「黒の聖女様？」

「ああ。聖女様は黒髪《くろかみ》黒目の可愛《かわい》らしいお方だっただろう？」

「いんや？　この前、王都の儀式《ぎしき》でお見かけしたのは違ったぞ？」

「儂らが世話になったのは黒髪黒目だぞ？　だからみんな、『黒の聖女様』と呼ぶんだよ」

「じゃあ、その黒の聖女様が、王都周辺の作物を何とかしてくれないかねえ」

聞こえて来た会話に啞然《あぜん》とした。コハネの聖魔法は浄化だけではなかったと聞いていたけれど……畑を元気にする？　そんな魔法なんて知らない！

聖魔法を複製できる私の方が凄《すご》いのに、劣《おと》っているような言われ方をして腹が立った。

「……そうだ。土が肥える魔法……それも貰っちゃおう」

それを使えば、私の好感度も上がるはずだ。ついでに、あのいい男達も頂いてしまおう。

コハネは私から搾取《さくしゅ》されていればいいのだ。

「聖女様、どちらに!? 早く城にお戻《もど》りください……！」

「しつこいわね。聖女の力になりたいんでしょ？ だったら黙ってついて来なさいよ」

「……コハネ様。俺は大変な間違《まちが》いを犯《おか》してしまったのかもしれない」

五　章　聖女の境界線

「今日こそサプライズでみんなに素敵《すてき》なおうちを造るぞ！」

意気込んでそう宣言すると、サプライズのお手伝いを快く引き受けてくれたエドが「グオオッ！」と続いてくれた。パタパタしているしっぽは癒《いや》し担当だ。

今から大浴場が快適過ぎて後回しになっていた屋敷《やしき》を造るのだが、聖魔法でかかる負担を軽くするため、エドには事前に木材の確保をして貰《もら》っている。

「さて、やりますか！　リックが描《か》いた図面通りのお屋敷にしなきゃね」

屋敷の大きさは大浴場の十倍はあるから、気合いを入れて造らなければいけない。

コの字型、二階建ての屋敷で、みんなの個室がある。私の個室もちゃんと描いてくれていて、しかも一番大きくていい部屋だった。みんなの優しさが嬉《うれ》しくてまた泣いた！

とびきり素敵な屋敷を造ってお礼をしたい！　私は気合いＭＡＸで聖魔法を発動した。

すると、大浴場の時より長く激しい光と地響《じひび》きが起こった。それらが静まると、見事に思い描いていた通りの屋敷が目の前に現れた。

洋風の屋敷で、庭には芝生《しばふ》が敷《し》き詰《つ》められていて、中央には立派な噴水《ふんすい》が陣取《じんど》っている。

綺麗《きれい》だけれど色が少なくて寂《さび》しいので、クレールと一緒《いっしょ》に花壇《かだん》を造っていけたらいいな。

「何があった⁉　地響きがしたけ……ど⁉　なんだ、このでかい建物は！」

地響きに驚いたみんなが駆《か》けつけて来た。突如《とつじょ》現れた屋敷を見て、リックは大きく口を開けている。

「あれ、これってセドリックが図面を描いた建物じゃない？」

リュシーの問いに、私はよくぞ気がついてくれた！　と微笑《ほほえ》んだ。

「私達の住処《すみか》となる屋敷です！　今日からここで暮らしましょう！　リックの図面通りに、みんなの部屋があるよ！」

「本当か⁉　やったぜ！　ありがとう、コハネ！　早速《さっそく》見て来ていいか⁉」

興奮しているリックに「もちろん！」と頷《うなず》くと、リュシーと、普段《ふだん》はクールなクレールまで屋敷の中へ走って行った。みんな喜んでくれて嬉しい。

パトリスは全容を見たいのか、空へ舞《ま》い上がって屋敷の上を旋回《せんかい》している。

その場に残されたエドと私は顔を見合わせ、「サプライズ大成功だね！」と笑った。

今日の予定は、急遽《きゅうきょ》それぞれの部屋のセッティングとなった。大浴場の時と同じで、建物はあるけれど家具はない。だから、私がみんなの部屋を回って魔法で内装を整えていく。

「クレール、今日は元の姿に戻ろうね。心の準備ができたら言ってね」

今日解呪《かいじゅ》をする予定のクレールの部屋を訪《おとず》れた時は、そう声をかけておいた。

「今からやろう」と言うより、クレールのペースに合わせたかったからなのだが――。

「来ない」

私はずっと待っていたのだが、その日はクレールが来ることはなかった。そして、翌日の朝にも声をかけたのだが来ず……。

更《さら》に声をかけて三日目の今日も、解呪をしないまま夜を迎《むか》えた。

「クレール～？」

夕食の後、素知らぬ顔で自分の部屋に戻って行こうとするクレールを呼び止めた。

もちろん、私の言いたいことが分かりますよね？　解呪を強要したくないから待っていたけれど。これは待っていたらいつまで経《た》っても覚悟《かくご》が決まらないパターンでは？

もう、やっちゃっていいかな？　そういう意味を込めてエドを見た。

『やれ』

綺麗な蒼《あお》い目が鋭《するど》く光り、そう伝えてきた。上司の許可も得たということで……。

「心の準備はもういいんじゃないかなー!?」

「ギ！」

帰って行こうとするクレールを背後から抱《だ》き上げた。

「何が『ギ！』よ！　もう話せるでしょ！」

「お、下ろしてくれ！」

クレールは足をジタバタさせて逃《に》げようとしているが、私は絶対に放しません！

「嫌《いや》よ！　心の準備が終わるまで、このまま抱っこするわ！」

「!!」

クレールの動きが止まった。首を捻《ひね》って私の顔を見ながら絶望している。

「……くっ！　ぐふっ」

「あはははは‼」

「ヒュ……」

「グルッ……！」

私達の様子を見守っていたみんなが笑い始めた。あの、みなさん。私はいたって真剣《しんけん》なのですが！

「……分かった。解呪を頼《たの》む。頼むから……下ろしてくれ……」

「本当ね？　ちゃんと心の準備はできたのね？　もうこのまま解呪しちゃうからね！」

「コハネ、それはやめておけ。解呪が終わったら、全裸《ぜんら》の先輩《せんぱい》を抱っこすることになってもいいのか？」

「!!　……そ、そうだった！」

毛布を一枚取り出し、クレールに渡《わた》す。これで解呪直後のラッキーすけべ的なアクシデントは回避《かいひ》できるだろう。三人目でようやく『事前に備える』ということを学んだ。

これで準備は完璧《かんぺき》だ。リック達も近くで様子を見守ってくれている。

「じゃあ、手を出して」

クレールと向かい合って座り、解呪を始める。この小さなゴブリンの手ともお別れね。

白い光がクレールの体を包む。クレールの体に巣くう呪《のろ》いを黒から白に——。

しばらくすると、握《にぎ》っていた小さな手の感触《かんしょく》が、大きな男性の手に変わった。目を開けるとそこにいたのは、倒《たお》れる直前に見た騎士《きし》の内の一人——赤い髪《かみ》に橙《だいだい》の目の美形だった。

やはりクールな俺様タイプのイケメン、という感じでかっこいい！　ついさっき、私に抱っこされて、足をジタバタさせていた人だとは思えない。

みんなの呪いを解く度《たび》に、切実に思う。女の子の友達が欲しい！　あーだこーだと言いながら、一緒にみんなを推《お》していきたい。推し活仲間求む！

「……コハネ？　オレが何かしたか？」

「あ、ごめん！　なんでもないの。クレール、すっごくかっこいいね！」

笑顔《えがお》を向けると、クレールは固まった。これは多分、どう反応すればいいのか分からないのだろう。耳が真っ赤になっているので、照れていることは分かる。

「……畑に行ってくる」

「え？　今？　夜だから真っ暗だよ……って、クレール！」

せっかく毛布を巻いていたのに、クレールは毛布の存在を忘れて立ち上がってしまった。

そうなると見えずに済んでいた肌色《はだいろ》が見えるわけで……。

「ぶはっ！　はははは っ‼」

「こら、外野！　爆笑《ばくしょう》しないの！」

毛布で対策、失敗！


朝、起きて身支度《みじたく》を終えると、みんなが集まる屋敷のリビングルームに向かった。

「お、コハネ。おはよう！」

「はよー！」

「おはよう」

リビングの扉《とびら》を開けると、元の姿に戻《もど》っているリック、リュシー、クレールの三人が、笑顔で私を出迎《でむか》えてくれた。

三人のキラキラオーラが眩《まぶ》しい！　顔面偏差値《へんさち》が高い人達の笑顔は朝陽《あさひ》に勝《まさ》る、ということを知りました。三人でこの破壊《はかい》力だから、全員揃《そろ》ったら私の目が潰《つぶ》れるかもしれない。

「エドとパトリスは？」

「多分、大浴場だと思うよ。副団長は朝に水浴びをする習慣があったから。最近は団長も一緒に行ってるみたい」

「あはは、コハネに臭《くせ》えって言われたのを気にしているんじゃないか？」

「ええっ⁉」

臭いなんて……思いっきり言ってしまった。ごめんね、エド。

「あ、リュシー。そうやって毛布をマントにするの、気に入ったんだね」

「うん！」

リュシーはまた、ヒーローのマントのように毛布を巻いていた。長い間この聖域で生きてきたのだから、リュシーの方が何倍も年上だ。でも、弟のように可愛《かわい》がりたくなってしまう。

「クレール。服、似合っているね」

話しかけるとプイッと顔をそらされたが、照れ隠《かく》しの行動だと分かっている。

クレールには、セインのシャツとズボンを渡した。すべて黒で不気味だと思っていたが、クレールが着るとかっこよかった。モデルが違《ちが》うところも違う。

「みんなにもっと、いろんな服を着て貰《もら》いたい……あ。装備品ならたくさん持っているわ」

「「「装備⁉」」」

私が零《こぼ》した言葉に、三人が食いついてきた。

「う、うん……見たい？」

「「「見たい」」」

装備は騎士にとっては商売道具だから、興味が湧《わ》くのは当然か。

装備も良品を見つけては片《かた》っ端《ぱし》から購入《こうにゅう》し、ポケットに放《ほう》り込んでいた。数が多いので広い場所に移動し、手当たり次第《しだい》に披露《ひろう》した。

「「「おおおお！」」」

三人の目がおもちゃを貰える子供のように輝《かがや》いている。その様子が可愛い。

「好きなだけ使って。私は使えないからあげるよ」

「ありがとう！　おれは武器と防具が一通りあればいい」

リックの言葉に続き、リュシーとクレールも頷《うなず》いている。

「そう？　必要になったら言ってね」

あんなに欲しがっていたのに、欲張らないところにみんなの人柄《ひとがら》が表れている。いつもいくつも持っておくことはできないし、私のポケットに入れておく方が緊急時《きんきゅう》時にもいいか。

「あ、団長！　副団長！」

三人が選び終わったところで、水浴びをしに行っていたエドとパトリスが帰って来た。

「コハネに装備を貰いました！」

リックが選んだ武器を嬉《うれ》しそうに見せると、エドとパトリスも駆《か》け寄って来た。

「よかったら、二人もどうぞ」

「ヒュルー」

「グルッ」

「二人は元の姿に戻ってからでいいってさ」

「そう？　じゃあ、装備は今後ということにして、もう一段階解呪《かいじゅ》しない？　多分次の段階で二人とも話せるようになるよ！」

私に聞かれ、エドとパトリスは顔を見合わせていたが、二人揃って頷いてくれた。

ではまずはパトリスからだ。向かい合って立ち、翼《つばさ》を掴《つか》む。魔力《まりょく》を繋《つな》げ、段階的に呪いを消していった。クレールの時ほど進まなかったが、それでも目的は達成できたはずだ。

「……終わったわ。どう？　話せるようになった？」

「コハネ、ありがとうございます。喉《のど》のあたりがスッキリしました」

「！　よかった……。パトリスって優《やさ》しい声なのね」

「コハネ、副団長の見せかけのおっとりに騙《だま》されちゃいけないぞ」

「セドリック？」

「はいっ!!」

パトリスに名前を呼ばれ、リックは反射的に姿勢を正した。そんなにビシッとしてしまうほど、パトリスは恐《おそ》ろしいの？　ジーッとパトリスを見ていると、目が合ってしまった。

「コハネ？　団長のこともお願いしますね」

「も、もちろん、任せて！」

見えない圧を感じた。パトリスがみんなにとってどんな存在か、なんとなく察した。

「じゃあ、エド」

解呪が成功して、もうすぐエドの声が聞けると思うと、なんだかドキドキする。

立っている私の前に座ったエドが、『お手』をするように前足を出してくれた。

可愛いっ……って、今はきゅんとしている場合じゃなかった。魔力を繋げてエドの呪いも解いていく。エドの呪いは一番厄介《やっかい》で、すべて解くのは大変だろう。

さっきのパトリスよりも、さらに解呪の進みが悪い。でも、失敗はしない！

集中して解呪していくと、なんとか目指すところまで解呪することができた。

「……コハネ」

「！」

エドの声だ！　綺麗《きれい》な蒼《あお》い目と同じように、凜《りん》とした素敵《すてき》な声だ。

「自分の声を忘れてしまう前に聞けてよかった」

「！」

クスリと笑いながら話す声に、ドキリとする。エドは普通《ふつう》に話しているだけなのに、聞いているとなんだか緊張《きんちょう》してしまう。

「団長が忘れても……おれ達は忘れたくても忘れられませんよ」

「セドリック、どういう意味だ？」

「なんでもありません！」

リックはパトリスにも注意されたのに懲《こ》りていないようだ。私はおかげで緊張がとけてよかった、ありがとう！


リビングで解散し、それぞれの予定を始めた。私は今日、クレールとリュシーと一緒《いっしょ》に畑に来ている。聖魔《ま》法《ほう》で生長した野菜の収穫《しゅうかく》が残っているのだ。

腐《くさ》らないうちに時間が流れないポケットに入れて、保存しなければならない。

「大変だけど、土を触《さわ》るのって楽しいね！」

「ああ。そうだな」

穏《おだ》やかに笑うクレールの後ろで、リュシーがイチゴを盗《ぬす》み食いしている。がんばって手伝ってくれているから、今回は目をつぶってあげよう。

「さあ、どんどん収穫してポケットに入れちゃおう。……うん？」

じゃがいもの山をポケットに詰《つ》め込んでいると、何か聞こえた気がした。

……コハ………出て……さいよ！

「コハネ？　どうした？」

「うーん……。ねえ、クレール。女の人の声が聞こえない？」

「女の声？」

二人で耳を澄《す》ませる。

………出て………コ……ネ！

「！」

クレールと顔を見合わせる。やはり聞こえた！

「森の奥から？」

「奥というより……聖域の外からじゃないか？」

「外から？」

――コハネ！　聖域から出てきなさい！

「あっ！」

今度ははっきり聞こえた、その声は……。

「え？　……ダイアナ？」

ダイアナに違いない。でも、どうしてダイアナが森の外にいるのだろう。

「ねえ、外にうるさいのがいるよねえ？　刻んで来た方がいいかな？」

少し離《はな》れたところで畑を手伝ってくれていたリュシーもこちらにやって来た。私にとっては嫌《いや》な相手だけれど、一応聖女なので刻まないでください。

「何の用だろう？　鬱陶《うっとう》しいんだけど」

リュシーが顔を顰《しか》めている。私の気持ちを代弁してくれているようで笑ってしまった。

それにしても……どうしてずっと外にいるのだろう。

「用事があるなら入ってくればいいのに。警戒《けいかい》しているのかな？」

「入りたくても入れないんじゃないのか？」

「…………え？」

返事をくれたクレールの顔を見て、きょとんとしてしまう。

「入れない？　ダイアナは聖女なのに？」

私の言葉を聞いて、今度はクレールがきょとんとした。

「聖女なら入ることができる。入ることができないなら……聖女じゃないのでは？」

「そうそう。偽物《にせもの》ってことだよ」

クレールとリュシーの顔が「分かりきったことじゃないか」と言っているようだ。

「で、でも、聖樹を浄化《じょうか》できたよ？　聖女じゃなければ、浄化はできないでしょう？」

「そのはずだが……浄化は本当にできたのか？」

「え？　うん……多分」

聖樹の瘴気《しょうき》はなくなっていたから、浄化できていたのだと思う。心身共に負担が大きい浄化を、軽くやってしまえたことは疑問だが、それだけ優秀《ゆうしゅう》なのだろう。

とにかく、会いたくない。入って来られないなら、ちょうどいい。

「ねえ、クレール。私、種蒔《たねま》きしたい！」

私がそう言うと、クレールは頷いた。笑顔《えがお》を見せてくれたリュシーも、ダイアナの声について、スルーするつもりだと察してくれたようだ。

「ああ。まずは収穫が終わって、畑の調整が済んでからだ」

「そうだね。私、メロンが食べたいなあ」

「メロン……。僕も食べたい」

「残念ながらメロンの種はない」

「ふっふっふ。ご心配なく！　わたくし、持っております！」

旅の途中《とちゅう》で買ったものの中には、花や果物の種や苗《なえ》もあったのだ。それを伝えると、クレールはキラキラと目を輝《かがや》かせた。リュシーも「早く食べたい」と興奮している。

「スイカも植えよう？　私、スイカ割りしたい！」

「スイカ割り？　聞いたことがないな」

「何それー」

「目隠《めかく》しをした状態で、周囲からの言葉を頼《たよ》りにしてスイカを割るの」

「それは楽しそうだな。やってみたい」

「やりたい！　僕、そういうの自信ある」

騎士《きし》がやる本気のスイカ割り、とても見てみたい。綺麗に真っ二つに割れるか、粉砕《ふんさい》されるかのどちらかだと思う。そんな話をしながら、しばらく畑仕事に勤《いそ》しんだのだが……。

——コハネ！　コハネ！　いるんでしょう！

「…………はあ」

私を呼ぶダイアナの声はまだ続いていた。ふとした瞬間《しゅんかん》に耳に入ってしまう。

私が行くまで帰らないかもしれないし、今日帰っても何度もやって来るかもしれない。

……仕方ない。今のうちに対処しておいた方がいいだろう。

「ちょっと様子を見てくるね」

「コハネが行くなら、オレも一緒に行く」

「僕も！」

とぼとぼと歩き出すと、二人が名乗り出てくれた。一人で行くのは気が重いので助かる。

でも、畑の収穫物をそのままにしていくのは気が引けるし、すぐに戻《もど》ってくるつもりなのでリュシーにはお留守番を頼《たの》んだ。

「一緒に行きたい」とちょっと拗《す》ねていたけど、クレールからイチゴを食べていいと許可を貰ったので、今頃遠慮《いまごろえんりょ》なくぱくぱく食べているだろう。

私はクレールと並んで歩き、ダイアナの声がする方へ向かう。

「コハネ――――ッ！」

声がかなり近くで聞こえたので足を止めた。ひとまず草木に隠《かく》れ、様子を見る。

「あー……もう！　いつになったら出てくるのよ！　話ができるまで帰らないわよ」

今までの印象とはまったく違《ちが》うダイアナの姿を見てびっくりした。

お花のようにふんわり笑う女の子だったのに、今はチンピラのような佇《たたず》まいだ。

そして、その後ろには、私に「見損《みそこ》ないました」と言ってきた騎士であるレイモンさんの姿があった。

ダイアナの護衛をしているようだが、とても複雑そうな表情だ。

「はあ……。この状況《じょうきょう》に乗り込んで行かないといけないの？」

「オレが行って来よう」

「え？　あ、大丈夫《だいじょうぶ》だよ。気が重いけど自分で行くから！」

そう言って前に出ようとしたのだが、クレールに止められた。

「相手の目的が分からない。コハネはここで見ていてくれ」

クレールはそう言うと、ダイアナの方へ向かって歩き始めた。

「う、うん。ありがとう……」

クレールの背中に向かってお礼を言うと、手を振《ふ》ってくれた。お言葉に甘え、こっそり状況を見させて貰う。聖域から人が出てきたことに、ダイアナ達はすぐに反応した。

「コハ……！　………え。だ、誰《だれ》？」

混乱していたダイアナだったが、クレールの顔を見て固まった。見惚《みと》れているのかしばらく停止していたが、ぶつぶつと何かを言い始めた。

「このかっこいい人は誰なのよ。前の二人とは違う。また、いい男が増えているじゃない！　ずるい！　私にはこんな田舎《いなか》騎士しかついて来ないのに！」

「田舎騎士」だなんて、随分《ずいぶん》と失礼だ。そんな発言をする子だとは思っていなかった。今まではかなり猫《ねこ》を被《かぶ》っていたのか。アーロン様も知らない一面かもしれない。

「用はなんだ」

クレールが聖域を出ずに声をかけた。するとダイアナは、私の記憶《きおく》にある優《やさ》しくて可愛《かわい》い女の子の顔で微笑《ほほえ》んだ。

「私、ダイアナと申します。コハネ様と話をしたくてやって参りました」

変貌《へんぼう》具合が恐《おそ》ろしい。それに私のことをコハネ『様』と言ったが、少し前まで割と野太い声で「コハネー！」って叫《さけ》んでいたはずだ。

「話とはなんだ」

クレールもダイアナの変化に動揺《どうよう》しているが、クールな対応を続けている。

「お願いします。コハネ様を呼んでください！　私、お話がしたいんです！　大事なお話なんですっ。だから……だからっ！」

ダイアナがクレールに迫《せま》った。でも、聖域には入れないのか、見えない壁《かべ》のところで止まっている。

「だ、だから、コハネに何の用だ……」

聖域内にいる限り、クレールはダイアナに触《ふ》れられることはない。それでも、ダイアナと距離《きより》を空けたくなったのか、クレールは話しつつ三歩ほど後ずさった。

「コハネ様と話させてくださいっ」

「用件を……」

「お願いしますっ」

クレールが遠い目をしているのが見えた。彼の限界に到達《とうたつ》したようだ。まだ何か言っているダイアナを無視して戻って来た。

「すまない、コハネ。オレには無理だった……。あれとは話が通じない」

「う、うん……」

「オレはああいう人間が一番苦手だ。無理だ」

一人で対応させてごめん！　やはり、私が向き合って話さないといけないだろう。

「行って来るね」

「放《ほう》っておいていいんじゃないか？」

「ううん。あの様子じゃ話を聞くまでいそうだから」

「そうか。ならオレも一緒《いっしょ》に行く」

「ありがとう。でも、大丈夫よ。これ以上クレールに無理をさせたくないし、クレールがいるとダイアナは猫を被ったままかも。本音の話を聞いてみたいから」

「……分かった。でも、念のため聖域から出ずに話すといい」

「そうだね」

ダイアナに何かされても負ける気はしないが、万が一身に危険があっても、聖域内にいれば安全だ。クレールの助言に頷《うなず》き、私は聖域の際《きわ》まで行くと足を止めた。

「！」

私を見つけたダイアナは、嫌《いや》なものを見たような目で睨《にら》んできたが、それは一瞬《いっしゅん》だった。

すぐに以前よく見ていた表情になった。

「コハネ様！　ああっ、よかった！　心配しておりました！」

「………………」

あんな声で叫んでいたのに、今は心配——するフリをしている。まだクレールがいることに気がついたのだろうか。

「ダイアナ、あなたは聖域に入れないの？」

「！」

私が質問をした瞬間――被っていた猫が剝がれたが、すぐに戻った。

「それはコハネ様が私を拒絶《きょぜつ》なさっているからでしょう。……悲しいです」

また、私のせいにするの？　怒鳴《どな》りたい衝動《しょうどう》に駆《か》られたが抑《おさ》えた。

「ダイアナは私に濡《ぬ》れ衣《ぎぬ》を着せるのが得意なんだね」

「まあ、ひどい！　私、コハネ様のことを本当に心配しているのですよ？　聖域とはいえ、女の子が森で暮らすのは不便でしょう？　一緒に城に戻りませんか？」

そう言うとダイアナは、白くて綺麗《きれい》な手を差し伸《の》べてきた。だが……。

「きゃっ！　痛いっ！」

結界の境界線に触れたダイアナの手がバチッと光った。聖域がダイアナの進入を拒《こば》んでいるようだ。

「……あなた、本当は聖女じゃないの？」

「…………っ！」

ダイアナが怒《いか》りと焦《あせ》りが混じったような顔をしている。今までは『疑惑《ぎわく》』だったけれど、こうして目《ま》の当たりにして『確信』になった。

浄化《じょうか》をできたのはなぜか分からないが、ダイアナは聖女じゃない。聖女じゃないのに、どうして聖女だと名乗り出たの？　どうして私からすべて奪《うば》ったの？

動揺でめまいがしたが、まだ話をつけていないので堪《こら》えた。

「私は城には戻りません。聖域での暮らしはどこよりも快適です」

「そんな、無理をしないで。アーロン様もあなたが帰ってくるのを待っていますわ」

「…………」

――また頭に血がのぼる。アーロン様の名前を出さないで。ダイアナは私を怒《おこ》らせるのが本当に上手《うま》い。再び怒鳴りたくなった気持ちを抑え、冷静に話した。

「婚約破棄《こんやくはき》した相手を、まともな理由で待っていると思えない。余計に出たくないわ。それにアーロン様にはあなたがいるでしょう？」

「あら、コハネ様は何か勘違《かんちが》いしていらっしゃるわ。私がお二人の間にある誤解を解いてさしあげますから。さあ、一緒に城へ戻りましょう」

ダイアナが聖域の境界のところまで、手を差し出してきた。その手を取るわけがないでしょう！　私に向ける笑顔《えがお》も、その手も、とても嫌なものに見えた。

手を向けられるのが嫌で、払《はら》いのけようとした、その時――。

「！」

僅《わず》かに聖域から出てしまった手をダイアナに掴《つか》まれた。

「……捕《つか》まえた」

「な、何なの……!?　離《はな》して！」

ダイアナの力が強く、手を握《にぎ》られて逃《に》げられない。聖域の中に完全に入ろうと必死に動

くけれど、引きずり出されそうになる。

「コハネ！」

「ダイアナ様⁉　何をなさっているのですか！」

飛びだして来たクレールとレイモンさんによって、私とダイアナは離された。

聖域の中に入ってダイアナから距離を取る。いきなり何だったのか。

「ふ……ふふ……」

呆然《ぼうぜん》とする私を、ダイアナは不気味な笑みを浮《う》かべて見ていた。私はゾッとした。

「やり直せたし、欲しかったものも取れたわ」

「……………？」

満足そうに微笑んだダイアナは、近くにあった雑草に魔法《まほう》をかけ始めた。何をしているのだろう。全員の目がダイアナに集中した。

少しすると、ダイアナが魔法をかけた雑草がグングン生長し、小さな花を咲《さ》かせた。

私が畑で使った聖魔法と似ている。ダイアナはこんな魔法を使えたの？

「……使える！　大丈夫《だいじょうぶ》ね。今日は帰りましょう」

不気味な笑顔は何だったのか、さっぱり分からないが、帰ってくれるならそれでいい。

歩き出したダイアナを見て、ホッとした。だが――。

「……何者かが来たな」

クレールが私を庇《かば》って前に出た。私もたくさんの気配が近寄って来るのを感じた。

「コハネ！」

それはダイアナよりも聞きたくなかった声だった。

「アーロン様……」

現れたのは、たくさんの騎士《きし》を連れたアーロン様だった。クレールの背後からその姿を見たが、目が合った瞬間《しゅんかん》に思わず顔を顰《しか》めた。

そんな私を見て、アーロン様は気まずそうに話しかけてきた。

「コハネ……君と話がしたいんだ」

「お断りします。あなたの婚約者《こんやく》を連れて即刻《そっこく》お帰りください」

「……いや、その……ダイアナとはまだ、正式に婚約していない」

まだだったの？　と驚《おどろ》いていると、ダイアナがアーロン様に詰《つ》め寄った。

「アーロン様！　どういうこと!?　コハネ様と婚約破棄できたら、すぐに私と婚約すると言ったではありませんか！　もう正式な手続きも済んでいるはずでは……！」

「あ、それは……」

こんなところで痴話喧嘩《ちわげんか》をしないで欲しい。周りにいる騎士達も困惑《こんわく》していて可哀想《かわいそう》だ。

それにしても……。ダイアナは私とアーロン様の仲を取り持ちたいようなことを言っていたのに、婚約していないことを怒ったり、言っていることが滅茶苦茶《めちゃくちゃ》だ。

「コハネ、実はダイアナの浄化が上手くいっていないかもしれないんだ……」

「…………え？」

ダイアナを騎士達に押し付け、アーロン様が疲《つか》れた様子で話してきた。

「アーロン様、もう心配いりません！　コハネ様の妨害《ぼうがい》を解いたので大丈夫です！」

「はい？」

騎士達に大人しくするように諭《さと》されているダイアナが、それを振《ふ》り切って叫《さけ》んできた。

私の妨害って何のこと？　まだ私に着せている濡れ衣があるの？

とにかく、もう私とは無関係なので、他所《よそ》でやって欲しいと願ったのだが……。

「これを見てくださいませ！」

そんな私の想《おも》いは天に届かなかったようで、ダイアナはさっきと同じように、魔法で雑草を生長させて見せた。見守っていた騎士達から「おおっ」という歓声《かんせい》が上がる。

「このように聖魔法を使える私は聖女です！」

「ダイアナにそんな力が……!?　だ、だが……！」

アーロン様が私を見た。救いを求めるような目が嫌《いや》で、思わずクレールの背中に隠《かく》れた。

「……コハネ。この国には……そしてオレには、やはり君が必要だ」

「…………は？」

この人は何を言っているのだろう。私はあなたに捨てられたも同然なのよ？

「アーロン様、それはどういう意味ですの！」

ダイアナがアーロン様に摑みかかろうとしたが、騎士達に止められた。

「ダイアナを先に連れ帰ってくれ」

「アーロン様待って！　……離しなさい！」

騒《さわ》ぎ出したダイアナを、騎士達が数人がかりで連れて行く。

「もう……何なの……」

頭も心もぐちゃぐちゃで、段々と気持ち悪くなってきた。ぐらりと視界が揺《ゆ》れ始め――。

「コハネ！」

倒《たお》れそうになったところを、クレールが抱《だ》き留めてくれた。

「ご、ごめん。ちょっとめまいが……」

「無理をするな。戻《もど》って休もう」

「……うん。ありがとう」

クレールが私を横に抱き上げ、聖域の奥へと戻り始めた。

「待て！　コハネをどこに連れて行く！　コハネ！　大丈夫か！　こんなところではなく、城で休もう！　すぐに医師を呼ぶ！」

「コハネの体調を悪くしているのはお前だ」

クレールが頭を向け、アーロン様に向かって吐《は》き捨てた。

「な、なんだと！　誰《だれ》だ、貴様は！」

「オレは『本物の聖女』の――コハネの騎士だ」

「！　クレール……」

クレールが私を「本物の聖女」だと言ってくれた。そして、私の騎士だと言ってくれたことが嬉《うれ》しくて、涙《なみだ》が込み上げてきた。

「聖域にいる……聖女の騎士……」

クレールの言葉を聞いて、アーロン様は何か考え込んでいるようだ。

「だったら！　私のことも守ってよ！　私は……私こそが聖女よ！」

騎士に囲まれているダイアナが、クレールに向かって叫ぶ。この聖域で一緒《いっしょ》に暮らすみんなが、ダイアナの騎士になるなんて絶対に嫌だ！

そう叫びそうになったが、私よりも早くクレールが口を開いた。

「聖女だと名乗るなら、聖域の中までついて来い」

「…………っ」

「ダ、ダイアナ……？」

クレールの言葉に反応しないダイアナを見て、アーロン様や騎士達が困惑している。

「立ち止まってすまない。コハネ、行こうか」

私を横抱きにしたまま、クレールは再び歩き出した。

「コハネ！　待ってくれ！」

アーロン様が私を止めようとしているが、聖域に阻《はば》まれて追って来ることができない。

なんとかしようと、騎士達と聖域に向かって攻撃《こうげき》を始めようとしたが――。

「ヒュル――ッ！」

「な、何だ⁉」

私とアーロン様達の間に氷の矢が降り注ぐ。空を見上げると、翼《つばさ》を羽ばたかせて滞空《たいくう》し、こちらを見下ろしているパトリスがいた。

「ハーピー⁉　どうしてこんなところに！」

「くそっ、魔物《まもの》を討伐《とうばつ》しろ！」

魔法を使える騎士が、パトリスを狙《ねら》って攻撃しようとしているのが見えた。

「やめて！　パトリス、逃《に》げて！」

クレールの腕《うで》から飛び降り、パトリスに攻撃しようとしている騎士に飛びかかった。

なんとか魔法を止めないと！

「…………っ」

騎士が放った火の魔法が、私の腕を擦《かす》った。痛みが走ったが、魔法はパトリスがいない方向へ飛んで行ったのでホッとする。

「コ、コハネ様！　危ないのでやめてください！」

私に怪我《けが》をさせてしまった、アーロン様の騎士は狼狽《うろた》えている。

「じゃあ攻撃しないで！」

「コハネ！　こっちに戻れ！」

行く手を阻む騎士達を退《しりぞ》けながら、クレールが駆《か》け寄って来る。

「クレール！　パトリスが！」

「副団長なら放《ほう》っておいても大丈夫だ！　コハネ！　早く聖域に戻るぞ！」

「え？　………あっ」

騎士のパトリスへの攻撃を妨害した時に、私は聖域を出てしまっていたようだ。

「コハネは行かせるな！」

アーロン様の指示を聞き、騎士《きし》達がクレールに飛びかかって行く。剣《けん》を持つ騎士達を素《す》手《で》のクレールがどんどんと倒していくが、騎士達の数が多く、思うように進めないようだ。

私から動かなきゃ！　と思ったところで、私の前にアーロン様が立ちはだかった。

「コハネ……城に戻ろう」

「嫌です！」

拒絶《きょぜつ》すると、アーロン様は悲愴《ひそう》な顔をした。どうしてあなたがそんな顔をするの？

「……とにかく、一緒に帰ろう。オレ達はちゃんと話をする必要がある」

話を聞いて、ちゃんと調べてと頼《たの》んだ私を無視したのに、今更《いまさら》「話をする必要がある」

だなんて、ふざけるなと言いたい。

「もう話すことなんてないよ」

「…………っ！　コハネ。オレは間違《まちが》っていたのかもしれない」

「来ないで！　触《さわ》らないで！」

私が叫んだ直後――。

「グルルッ！！！！」

私の前に金の獣《けもの》が現れた。光り輝《かがや》く金色を見た瞬間《しゅんかん》ホッとして……涙が込み上げてきた。

「フェンリル!?　新たな魔物だ！　常駐《じょうちゅう》していた見張りの者も集まれ！」

騎士が声を張り上げた。聖域の周りにはたくさんの騎士がいたようで、続々と姿を現す。

「コハネ！　魔物から逃げろ！」

アーロン様が叫《さけ》んできたが、私はエドの体に飛びついた。

「エド！　……来てくれてありがとう」

「遅《おそ》くなってすまない」

金の毛並みをぎゅっと握《にぎ》りしめると、モフモフの尻尾《しっぽ》でいつものように包んでくれた。

私に優《やさ》しい目を向けてくれていたエドだったが、視線をアーロン様へ移すと、纏《まと》う空気が鋭《するど》くなった。その気迫《きはく》に、アーロン様だけではなく騎士達も怯《ひる》んだ。

「今すぐ去れ。去らないと攻撃する」

「フェ、フェンリルが喋《しゃべ》った……」

アーロン様は戸惑《とまど》っているが、大人しく言うことを聞く様子はない。

「コハネは王都に――城に連れて帰る！」

その言葉を聞いて、私は思わずエドに体を寄せた。絶対に嫌。城なんかに行きたくない。

もう利用されるのはまっぴらなの！

その時――。聖域の方から二つの影《かげ》が飛び出し、割り込んできた。

「団長。ここに来たら痛い目に遭《あ》うってことを、覚えて貰《もら》いましょうよ」

「僕、久しぶりに運動したいなあ」

「リック！　リュシー！」

名前を呼ぶと、二人はにっこりと微笑《ほほえ》んでくれた。

「うわあああっ！」

誰かの悲鳴に振り向くと、そこにはクレールに吹《ふ》っ飛ばされてできた騎士の山があった。

「ほら、クレール先輩《せんぱい》はすでにはしゃいでいるし！　団長、おれ達もいいですよね？」

「構わん。……程々《ほどほど》にしろよ」

「了解《りょうかい》！」

エドの了承を得ると、二人は意気揚々《いきようよう》と駆け出した。私があげた剣を持っているが……

こんなに敵が多いのに大丈夫《だいじょうぶ》なのだろうか。

「みんな……！」

「コハネ、俺の部下は強い。心配するな」

その言葉の通り、三人は強く、次々と相手をなぎ倒《たお》していった。一番華奢《きゃしゃ》なリュシーが心配だったが、一番敵を倒すスピードが速い。そして、とても楽しそうだ……。

三人が圧倒《あっとう》的に強すぎて、アーロン様の騎士達が気の毒になってきた。パトリスも上から魔法で三人をフォローしているようで、騎士達がおもちゃのように倒れていく。

「団長。制圧しました」

「今の騎士って弱いんだね。つまんないや」

三人はあっという間に、アーロン様の騎士達を全滅《ぜんめつ》させてしまった。もう立っているのはアーロン様だけだ。エドがゆっくりとアーロン様の下《もと》へ向かう。

「そんな、こんなにいた騎士達が……どうなっているのだ！　魔物め、来るな！」

エドを目の前にして、アーロン様は腰《こし》を抜《ぬ》かしてしまった。地面に座り込んでしまったアーロン様にエドが告げる。

「お前にコハネは渡《わた》さない。お前はコハネに相応《ふさわ》しくない」

「なっ……！」

「今度近づいたら容赦《ようしゃ》しない。――グオオオオオオッ！！！」

エドが咆哮《ほうこう》を上げると、アーロン様は転びそうになりながら逃げていった。その姿が面《おも》白《しろ》くて、思わず吹き出してしまった。

「王子様なのに情けないね」

「もう二度と来るなよー」

「次は畑の肥やしにしてやる」

「あははっ、みんなすごい！」

私の中にあった悲しみや怒《いか》り――黒いものがすべて吹き飛んでしまった。

本当にみんなはすごい。みんなは最高だ！

六章　聖域と魔獣の真実

騒動《そうどう》を終えて戻《もど》って来た私達は、普段《ふだん》通りに過ごした。みんなはごはんを食べた後に談《だん》笑《しょう》していたが、私は早めに就寝《しゅうしん》した。思っていた以上に精神的ダメージを受けていたのか、朝ごはんを作りたかったのに、昼まで爆睡《ばくすい》してしまった。

反省しながらとぼとぼ食堂に行くと、テーブルにみんなが作ってくれたトマトのスープが置いてあった。『コハネへ。食べてね』という置手紙を見てじーんと嬉《うれ》しくなった。

朝早くから出かけていたおばあちゃんも、こうして朝食を置いてくれていた。同じ温かさを感じて、改めてここが私の家になったんだなあとしみじみ思った。

「うん？」

幸せを噛《か》みしめながら、具沢山《ぐだくさん》のおいしいスープを食べていると、剣が激しくぶつかり合うキィンという音が近くから聞こえてきた。行儀《ぎょうぎ》が悪いが、食べかけのスープを持ったまま覗《のぞ》いてみると、クレールとリックが剣を交えているのが見えた。

「あ、おはよう、コハネ！　ゆっくり眠《ねむ》れたようでよかったね」

観戦していたリュシーが私を見つけ、笑顔《えがお》で手を振《ふ》ってくれる。食べ終わったスープの器を片付けると、リュシーの下へと向かった。

「朝ごはん、作れなくてごめんね。みんなが作ってくれたスープおいしかったよ！」

「どういたしまして！　コハネほどおいしいものは作れなかったけど、結構よくできていたでしょ？　あ、ここに座りなよ」

リュシーがポンポンと隣《となり》を叩《たた》いてくれたので、お言葉に甘えて座った。元の姿に戻っている三人は、昨日の対人戦が楽しかったそうで、朝から総当たり戦をしていたらしい。

「これに勝った方が二位で、負けた方が最下位だよ」

「そうなんだ！　……ということは、リュシーが一位？」

尋《たず》ねると、リュシーは「ふふんっ」と得意気に笑った。そういえば、昨日もこの毛布をマントにしている姿からは想像出来ないくらい大活躍《だいかつやく》してた。

「リュシーの出番はもう終わったのね？　戦っているところを見たかったな」

「しばらく毎日やると思うよ？　僕が戦っているときは僕を応援《おうえん》してね！」

「うん！　分かったわ」

私達が話している間も、リックとクレールの戦いは続いている。クレールの方が、余裕《よゆう》がありそうだ。「決着をつけずに楽しんでいるのかな」と思いながら観戦していると、遠くにエドの姿を見つけた。どうも私を呼んでいる気がする。

「エドが私に用事があるみたいだから行って来るね」

リュシーに告げ、駆《か》け足でエドの下へと向かった。

「エドー！　私に用？」

「コハネ。君に客だ。……ほら」

エドが顔を向けた方を見ると、優雅《ゆうが》にひらひらと空を舞《ま》う蝶《ちょう》がいた。

「あ、セインの蝶」

「聖域の外の様子を見に行ったら彼がいた。君と話がしたいそうだ」

「え？　蝶だけじゃなくて、セインが来ているの？」

話だけなら前回のように蝶を通せばいいのに、わざわざ会いに来たのはなぜ？

本当にセインなのかと一瞬《いっしゅん》疑ったが、エドが魔力で確認《かくにん》しているはずだから大丈夫だ。

エドに案内されて着いたのは、ダイアナやアーロン様達と揉《も》めた場所だった。

今はとても静かで、あの出来事が嘘《うそ》だったかのように思えたが、荒《あ》れた地面が事実だと物語っていた。見渡《みわた》してみると、景色の中にぽつんと真っ黒な人影《ひとかげ》を発見した。

「コハネ。話の邪魔《じゃま》はしないから、横にいてもいいか？」

「うん！　もちろん！」

エドがそばにいてくれるととても心強い。セイン相手ではあるが、何が起こるか分からないので、聖域を出ずに足を止めた。

「やっと来たか、野良聖女。のろまは野生では生きていけないぞ」

今日も口の悪さは絶好調のようだが、こちらを向いたセインの顔色は最悪だった。

青白い顔と目の下のクマはセインのデフォルトだが、今日は更《さら》に悪化してほぼゾンビだ。

でも、なぜか表情はどこか楽しげだ。すごく怖《こわ》い。

「コハネ、昨日は散々だったな」

「その言い方……もしかして、また聞いていたの？」

「状況《じょうきょう》を把握《はあく》するには――」

「傍観《ぼうかん》者がいいんでしょ！　それで今日はどうしたの？　わざわざ会いに来るなんて」

「手を見せてくれ」

「手？　私の手？」

「お前以外に誰《だれ》がいる」

言い方に少しムッとしたが、大人しく両手を差し出すと、なぜかセインに睨《にら》まれた。

「手だけとはいえ、不用意に聖域から出すな。昨日の失敗をまったく学習していないな」

「セインが見せろって言ったんじゃない！」

「俺の言うことは疑わないのか？　俺が本物かどうか分かるのか？」

「セインが二人いたら嫌《いや》だよ」

「………ふっ」

私の言葉を聞いて、セインは鼻で笑った。

「俺が二人いたら嫌だから、なんて理屈《りくつ》にならない。固有魔法は多種多様だ。聖域の外からでもお前を引き寄せる能力を持つ者もいるかもしれない。油断するな」

苛立《いらだ》ってしまったが、確かにセインの言う通りだ。

「だが、お前が迂闊《うかつ》なおかげで面白いものを見ることができた。……受け取れ」

セインが投げてきたものを慌《あわ》ててキャッチする。

「石のボール？　これは何？」

「お前の手にダイアナの魔力《まりょく》の形跡《けいせき》が残っている。それを回収することができる道具だ。軽く握《にぎ》ってから投げ返せ」

「え？　ダイアナの魔力の形跡？　何だか気持ち悪い！」

「壊《こわ》すなよ？　壊したら弁償《べんしょう》させる」

思わず道具を捨てそうになった私に、すかさずセインが忠告してきた。わざわざこんなことを言ってくるのだから、とても貴重な道具なのだろう。弁償にいくらかかるのか聞くのも怖い。大人しく言われた通りに軽く握り、すぐにセインに投げ戻した。

「助かる。これで詳《くわ》しいことを調べられる」

「どういたしまして？」

どういうことを調べているのか聞きたかったけれど、私に分かることだろうか。

そんなことを考えていると、セインが話を始めた。

「ダイアナはお前に会ったあと、城に戻ってから『聖魔法《まほう》で農家を救いたい』と言い出したぞ。笑えるだろう？」

「……どこか笑う要素ある？　人助けするならいいじゃない。でも、農家を救うって何をするの？」

「今、王都周辺の農作物は育ちが悪い上に質も悪い。ダイアナは聖魔法でそれを救うと言うのだ。旅の道中、お前もやっていたことだ」

「うん。そうだね」

浄化《じょうか》の旅で訪《おとず》れた村や町の中には、作物が育たない場所で農業をしている地域があった。農業を諦《あきら》めた方がいい土地だったのだが、事情があってそうはいかず、苦しみながらも土地に残って生活を続けていた。私はそんな人達の力になりたくて、土壌《どじょう》を良くしたり、作物が育つ聖魔法を作ったのだ。

「ダイアナは今まで浄化しかできなかったはずだ。それでは、力をいつ手に入れたのだと思う？」

「さあ？　分からないわ。持っていたけれど、使わなかっただけかも？」

「それはない。元々持っていたのなら、早々に使っていたはずだ。本当に慈悲《じひ》深いのであれば善意で。お前を陥《おとしい》れるような人間であれば、自己顕示《けんじ》のために」

「なるほど……」

昨日の様子だと……後者かな。

「とにかく、ダイアナは聖魔法を使って、どんどん農家を支援《しえん》していくらしい」

「そう。助かる人がいるならいいじゃない」

「ああ。本当に助かる人がいるなら、な。どちらにしろ、どうなるか見物だ」

セインがニヤリと笑う。今日のセインはかつてないほど機嫌《きげん》が良くて不気味だ。

……というか、「本当に助かる人がいるなら」？

セインがそういう言い方をするということは、セインは「助かる人はいない」と思っているのかもしれない。いつも匂《にお》わせるばかりで分かりづらい！

顔を顰《しか》めてモヤモヤしている私に構わず、セインは話を続ける。

「俺は、聖魔法は『異世界人だけが使えるもの』だと思っている。恐《おそ》らく、異世界で生きてきた者が、この世界で魔力を得たときに習得するのが聖魔法だ」

「え？　じゃあ、ダイアナのは何なの？」

「……さあな？」

「本当に分からないの？　もう分かっているんじゃないの？」

そう質問をすると、セインは意味深な笑《え》みを浮《う》かべて私を見た。

「――二つの像があるとする」

「……いきなり何？」

「二つの像の見た目は全く同じだが、一方は水晶製《すいしょう》、もう一方は氷像だ。一日外気の中に放置すると、この二つの像はどうなる？」

突拍子《とっぴょうし》もない話に戸惑《とまど》うが、素直《すなお》に答えよう。水晶は鉱物だから、一日外に置いても何も変わらない。でも、もう一方は……。

「氷の方は溶《と》けるんじゃない？」

「そうだ。氷で作った像は、冷やし続ければ形を維持《いじ》できるが、何もしなければ崩《くず》れる」

「うん」

「……そういうことだ」

「え？　何が？　どういうこと？」

戸惑う私を無視し、セインは説明に満足した様子で帰ろうとしている。

「ちゃんと説明してよ！　さっぱり分からないんだけど！」

「とにかく、お前はダイアナには近づくな。絶対に接触《せっしょく》するな。分かったな？　以上」

言いたいことや聞きたいことはたくさんあるけれど、まともに説明してくれる気はなさそうだ。だからこれ以上質問することは諦めた。

「……分かったわよ」

セインは満足げに頷《うなず》くと、私の隣《となり》にいるエドに目を向けた。

「……聖域に住む『魔物《まもの》』か。コハネ、とんでもない大物を引きずり出してきたな」

どうやらセインは、エドの正体を知っているようだ。セインは姿勢を正すと、エドに向かって頭を下げた。

「知恵《ちえ》は足りませんが、聖女であることは確かです。コハネを頼《たの》みます」

最初の言葉には拳《こぶし》を振《ふ》り上げそうになってしまったが、私のことを聖女と認めてくれていたのかと驚《おどろ》いた。しかも、エドに私のことを頼んでくれるなんて……。

曖昧《あいまい》な話し方しかしないツンデレセインは、『デレ』も分かりにくい仕様のようだ。


セインと別れ、森の中をのんびり歩きながら戻《もど》る。今は昼過ぎで森の中も明るい。エドが歩きやすい場所を選んでくれているので足も疲《つか》れないし、お散歩気分で楽しい。

「エド、色々と面倒《めんどう》なことに巻き込んでごめんね」

「気にするな。俺達はずっと起伏《きふく》のない生活を送っていたから、何か起きると楽しいんだ。コハネが来てからは、みんな生き生きしている」

迷惑《めいわく》ばかりかけてしまって心苦しかったから、そう言って貰《もら》えると嬉《うれ》しい。でも、これ以上面倒なことが起きないように気をつけたい。

「ねえ、エドは？　私、うるさくないかな？」

「コハネに出会えて嬉しいよ」

エドの言葉を聞いて、思わずニコニコしてしまう。

「しつこくモフモフしてくるから、鬱陶《うっとう》しくない？」

「それは……少し」

「そうなの!?」

冗談《じょうだん》半分で言ったのだが、衝撃《しょうげき》の事実を知ってしまった。今まですみませんでした！

ショックを受けている私を見てエドが笑う。あれ？

「嘘《うそ》だ。人の手で撫《な》でられるのは気持ちがいい。部下に撫でられるのは複雑だが……」

「よかった、びっくりしたよ！　あ、リュシーはエドの背に乗ってみたいそうだよ？」

「それは断る」

「えー？　私も乗りたいな」

「コハネなら構わないぞ」

「本当!?」

思わず立ち止まって尋《たず》ねると、エドは私が乗りやすいように伏《ふ》せてくれた。本当に乗ってもいいのか迷ったけれど、モフモフな魅惑《みわく》の背中には抗《あらが》えなかった。

「失礼します！　わあああああっ」

乗り心地《ごこち》はフワフワで最高だった。モフモフ天国……。我慢《がまん》できず跨《また》がったまま前に倒《たお》れ、全身でエドの体に抱《だ》きついた。

「至福……。あ、重たくない⁉」

「羽根のように軽いな」

「コハネだけに？」

「…………。もう進んでいいか？」

「何か言ってよ！　エドが振ったようなものなんだからね！」

「ははは」

ゆっくり歩きだしたエドの背中に座り直し、背中をポカポカと叩《たた》いて抗議《こうぎ》をした。フワフワして気持ちよかったので、怒《いか》りは消えた。このモフモフには何も勝てない！

エドが歩く時の振動《しんどう》や、森をそよぐ風。木の葉が揺《ゆ》れる音も気持ちがいい。

なんて贅沢《ぜいたく》な時間なのだろうとうっとりしていると、エドが話しかけて来た。

「……あの男のことはもう大丈夫《だいじょうぶ》か？」

あの男？　と一瞬誰《いっしゅんだれ》のことか分からなかったけれど、アーロン様のことだろう。

「大丈夫だよ！　気にかけてくれてありがとう」

「無理をするなよ？　昨日も倒れそうになっていただろう」

確かに、感情がぐちゃぐちゃになって、気持ち悪くなった途端《とたん》にふらりとしてしまった。

旅をしていた間の私は、もっと強かったはずなのになあ。

「頭では整理できているの。アーロン様に対してだって、未練はこれっぽっちもないって本当に思っているのに、体調がおかしくなっちゃって……」

認めたくはないけれど、こうしてショックを受けているくらいには、私はアーロン様のことが好きだったのだろう。

そんなことを思っていると、ふと、エドはどんな恋愛《れんあい》をしてきたのだろうと気になった。

「ねえ、エドは失恋したこととかある？」

「あるよ」

「やっぱりな……え？　は？　え？　ええ？　……嘘でしょう？」

予想外過ぎる返事が来て私がバグった。記憶《きおく》にあるエドの本来の姿は、美形揃《ぞろ》いの五人の中でも際立《きわだ》っていたほど素敵《すてき》だった。それに優《やさ》しいし、強いし……そんな人が失恋？

「絶対嘘だ～」

「嘘じゃないさ」

「そんな……おかしい！　信じられない！」

思わず声を張り上げると、エドは笑い出した。

「ははっ。俺もコハネを選ばなかったあの男が信じられない」

エドがそんなことを言ってくれるなんてびっくりだ！　驚きできょとんとしてしまったけれど、嬉しくて笑顔《えがお》になった。

「そうでしょう？　私達を逃《のが》すなんて、もったいないことしたよね！」

「ああ。そうだな」

エドと二人で笑い合う。まさかエドと恋《こい》バナができるとは思わなかったよ。

「ねえ、エドはまた恋しようと思う？」

「月並みだが、『しよう』と思ってするものではないんじゃないか？」

「気づけば落ちているってやつ？」

「ふっ」

「笑わないでよ！　エドが言い出したことなんだからね！」

「ああ、そうだな。すまない」

みんなには本当に幸せになって欲しいと思っている。特にエドには助けて貰ってばかりだから、今までの幸せを取り返すくらいに幸せになって貰わないと！

「お互《たが》いにそんなときが来たらいいね」

「……そうだな」

「うん！　あ、そういえば、ちゃんとお礼が言えてなかった。エド、アーロン様に捕《つか》まりそうになっていた時、助けに来てくれてありがとうね」

颯爽《さっそう》と現れたエドの姿を思い起こす。金の毛並みが綺麗《きれい》で、とてもかっこよかった。

「間に合ってよかった。連れ去られていても、俺達は取り返しに行ったがな」

「本当⁉　えへへ……」

嬉しさと照れが溢《あふ》れて、デレデレしてしまう。

「みんな本当に素敵だった！　エドはずっとかっこよかったし、パトリスの氷の魔法《まほう》はすごかったし、剣《けん》を持った三人も強いし、さすが伝説の騎士《きし》団って感じだった。早くパトリスとエドの解呪《かいじゅ》もしたいね」

騒動《そうどう》はごめんだけれど、五人揃《そろ》って戦っているところは見てみたい。

「俺はいいから、パトリスの呪《のろ》いを解いてやってくれ」

「そう？　じゃあ、パトリスに聞いてみるね」

「……いや、確認《かくにん》しなくていい」

「？」

エドの声に、今までの和《なご》やかな雰囲気《ふんいき》とは違《ちが》うものを感じた。どうしたのだろう。

戸惑《とまど》って黙《だま》っていると、エドが念を押すように言ってきた。

「俺の呪いのことは考えなくていい。……俺はずっとこのままでもいいんだ」

「え……？　そんな……どうして⁉」

「俺にはこの姿がふさわしい。……この毛並みを、コハネも喜んでくれることだしな」

後半の声のトーンは明るかったが、前半を誤魔化《ごまか》しているように聞こえた。

「モフモフなエドも好きだけれど、私は本当の姿のエドに会いたいよ」

「…………」

私の言葉を聞いて、エドは黙り込んだ。私の本心からの言葉だと分かるから、軽い冗談を言って誤魔化すようなことはできないのだろう。沈黙《ちんもく》の時間は続いたが――。

「俺は話せただけで十分だ。とにかく俺のことは気にしないでくれ」

「するよ！」

結局出てきた言葉が納得《なっとく》できないものでつい、声を張り上げてしまった。どうして元《もと》の姿に戻ることを望まないのか、説明もなく「とにかく気にするな」だなんて……。

「私じゃ力になれない？」

「そうじゃない。そうじゃないんだ……。みんな、君に救われた」

「エドだって救いたい」

「もう十分救われているよ」

優しい声だけれど、拒絶《きょぜつ》されているように感じた。私がいくら呪いを解くと言っても、聞き入れてはくれないかもしれない。理由も教えてくれそうにない。

そうしている内に、みんながいる場所に戻ってきた。エドが伏せてくれたので背中から下りると、リュシーが駆《か》け寄って来た。

「コハネ、団長！　おかえり！　セドリックが全敗で最下位だったよ～！」

「おい、もっと他に言い方があるだろう！　勝ったのはクレール先輩《せんぱい》だ、でいいじゃないか！」

リックが怒鳴《どな》り、後ろにいるクレールが笑っている。明るいみんなの様子にホッとする。

三人の下《もと》へ向かうエドの姿を見ながら、私はエドのことを何も知らないんだなと思った。


翌日は寝坊《ねぼう》せずに起きることができた。リュシーが「ピザを食べたい」と言ったので、即席窯《そくせきがま》で朝から焼いて、みんなで食堂に集まってごはんを食べる。

賑《にぎ》やかな空気の中で、昨日のエドとの会話を思い出していた。エドはどうして元の姿に戻りたくないのだろう。

パトリスが元に戻ったら、魔物《まもの》の姿なのは一人になってしまう。魔物の時は不老だから、みんなと同じ時間を過ごせなくなってしまうのに……。

一人だけ生き残って、一人で魔物として生きていくことを覚悟《かくご》しているのだろうか。

そんなの悲しすぎる。絶対にエドと話をしなければ！

もぐもぐと口を動かしながらそう意気込んでいた私に、リックが話しかけてきた。

「コハネ、今日の体調はどうだ？　団長達の解呪を進めるのか？」

「そうだね。パトリスとエドは何回かしなきゃいけないと思う。だから、今日で元の姿に戻してあげることはできないけれど、もう一段階解呪しておきたいな」

「パトリスからして貰《もら》うといい。俺は見回りをしてくる」

「エドの解呪もしたい」と言いたかったのだが、その隙《すき》を与《あた》えず行ってしまった。

「では、お言葉に甘えましょう。コハネ、ごはんを食べたあとに解呪をお願いしていいですか？」

「う、うん……」

エドを捕まえて解呪したいと言っても、今は受けてくれそうにない。

無理にお願いするより、パトリスに話を聞いてみてもいいかもしれない。

片づけを済ませると、みんなはそれぞれの用事をするために散って行った。

みんなはパトリスの解呪を見守るつもりだったのだが、「今日、元の姿に戻るわけではないので、見て貰う必要はありませんよ」とパトリスに追い払《はら》われてしまった。

みんなは少ししょんぼりしていたけれど、私はエドのことを聞きたかったから、二人で話せるのはちょうどいい。

「コハネ。では、行きましょうか」

突然《とつぜん》パトリスの鳥のような足に腰《こし》を掴《つか》まれ、私の体は空へと舞《ま》い上がった。

「ええっ!? パトリス!?」

「大人しくしてくださいね。暴れたら落ちますが、私は責任を取りませんよ」

「えええええ」

パトリスに掴まれたまま、私は仕留められた獲物《えもの》のようなスタイルで空を飛んで行く。

景色が綺麗――なんて楽しむ余裕《よゆう》はなく、ひたすら怖《こわ》い。それに……。

「パトリス、あのね！　私、ワンピースなの！」

下半身がとってもスースーします！

「大丈夫《だいじょうぶ》です。下に人はいませんから。覗《のぞ》かれるようなことはありません」

「それならいいか……ってならないよ!?　見られていなくても恥《は》ずかしいよ！」

抗議《こうぎ》を続けたが、結局パトリスが止まることはなかった。

「ここでいいでしょう」

しばらく進んだところで、パトリスは私を下ろした。体が冷えて寒いし、怖かった！

「ここはどこなの？」

「聖域内なので安心してください。でも、水辺に囲まれているので、団長や団員達が来ることはありません。誘拐《ゆうかい》するなら、助けが来ない場所に連れて行くのは鉄則です」

「誘拐!?」

「はい。まあ、冗談《じょうだん》ですけど」

「冗談か……」

どうしよう、パトリスと話すと疲《つか》れるぞ？　リック達がパトリスに怯《おび》える理由がまた一つ見えてきた。

「邪魔《じゃま》をされず話がしたかったので。あなたも、私に聞きたいことがあるでしょう？」

「！」

パトリスの指摘《してき》にどきりとする。どうして知っているのだろう。

「用件の前に……。怪我《けが》は大丈夫ですか？」

「怪我？」

「私を庇《かば》ってくれたときにできた傷です」

騎士が魔法でパトリスを狙《ねら》っていたから、それを阻止《そし》したときの傷か。

「怪我っていうほどのものじゃないから放置しているよ。というか、今思えば私が阻止しなくてもパトリスは大丈夫だったよね」

「はい」

即答《そくとう》！　なんだろう、この頰《ほお》を「えいっ！」と引っ張ってやりたくなる感じ。

「ふふ。コハネの怪我損ではありますが、庇われたことは嬉《うれ》しかったですよ。私は聖女という人種があまり好きではありませんが、あなたは信用してみようという気になりましたから。……怪我、見せてください」

「え？　うん」

聖女が好きじゃない？　凄《すご》いことを聞いた気がする。どういうことか確認《かくにん》したいけれど、ひとまず服の袖《そで》を捲《まく》って腕《うで》の怪我を見せた。

するとと、瞬時《しゅんじ》に私の怪我は跡形《あとかた》もなく消えた。パトリスが魔法《まほう》で治してくれたのだ。

「ありがとう！」

「どういたしまして。さて、本題に入りましょうか。率直《そっちょく》に言いますと、昨日の団長とあなたの会話を聞いてしまいました。すみません」

「！」

別に聞かれて困るようなことは話していない。でも、自分の気持ちや恋《こい》バナなどを聞かれていたと思うと恥ずかしい。

「聞いてしまったというか……まあ、わざと聞いたんですけどね」

「ええー……」

木の上にいたりして偶然《ぐうぜん》聞いたのかなと思ったが、そうではないらしい。ガッツリと魔法で盗聴《とうちょう》したそうだ。盗聴は犯罪ですよ！

「団長を振《ふ》った人のことは察しがつきましたか？」

「え？　そう聞いてくるということは、もしかして私が知っている人？　ま、まさか……パトリス!?」

団長と副団長の禁断の恋！　ぜひ詳《くわ》しい話を聞かせて欲しい。

「コハネ、凍《こお》ってみますか？」

「ごめんなさい」

ドキドキしてしまったが違《ちが》ったらしい。

他《ほか》に私が知っているみんなの関係者といえば……。

「もしかして、テレーゼ様？」

「そうです。まあ、振られた……というのとは違う気がしますが」

エドが好きになった人は初代聖女様……。聖女と騎士《きし》団長といえば、とても近い距離《きょり》にあったはずだ。二人の間には何があったのだろう。……とても気になる。

「あの方もコハネのように異世界から召喚《しょうかん》されてやって来た方でした。テレーゼ様と団長は、コハネと例の王子のような関係でした」

「私とアーロン様のような……婚約《こんやく》していたの？」

「はい。団長は王都騎士団の団長でしたが、聖女様の旅について行くことになり、聖女専属騎士団の団長となりました。そして旅の間に二人は恋仲《こいなか》になり、婚約に至りました」

「……そうなんだ」

私はどうしたのだろう。何故《なぜ》かエドの婚約についての話を聞いて、ショックを受けた。

胸にモヤモヤしたものを感じつつも、パトリスの話に耳を傾《かたむ》ける。

「浄化《じょうか》の旅も無事終わり、平穏《へいおん》が訪《おとず》れると思っていたのですが、幸せな時間は長くは続きませんでした。浄化は済んでいるのに、凶悪《きょうあく》な魔獣《まじゅう》が現れたのです」

「……その魔獣を倒《たお》して、みんなは呪《のろ》われちゃったのよね」

旅が終わって、安心した後に出てくるなんてつらい。今回の浄化が終わったあとには何も現れなくてよかった。そんなことを考えながら話の続きを待ったが……。

「パトリス？」

何故かパトリスは次の言葉を言い淀《よど》んでいた。しばらく沈黙《ちんもく》が続いたが、「はあ」と息を吐《つ》くと、決意したように話し始めた。

「そうです。私達は魔獣を倒して呪われました。そして、魔獣が現れた原因ですが……それはテレーゼ様にあります」

「！」

「どういうこと⁉　わざと魔獣を出現させたの？　テレーゼ様は悪人だった？」

「いいえ、彼女は悪人ではありません。彼女はただ……元の世界に帰りたかったのです」

自分にも関《かか》わりのある話にどきりとした。私だって、可能であれば帰りたいが……。

「元の世界に戻《もど》ることってできないのよね？」

「ええ。でも、彼女は諦《あきら》めなかった。団長とこの世界で生きていくことを進めると同時に、帰る手段も探していたのです」

「エドのことが好きで婚約したけれど、元の世界に帰ることができるなら帰りたかった、ってこと？」

「そうだと思います。私としては、どちらかはっきりしないことは、団長に対して不誠実だと思いますが……それは私の考えです。突然見知らぬ世界に連れて来られた彼女を責める権利は、この世界の人間にはないのかもしれません」

聞いていてとてもつらい。私は聖女様の気持ちが痛いほど分かる。

好きな人と一緒《いっしょ》にいたいという気持ちと、大切な家族の下《もと》に帰りたいという思いで揺《ゆ》れ動いていたのだろう。

それを「ずるい」とか「不誠実」だと責めることは、私にはできない。

「それで……どうなったの？」

「結婚《けっこん》を目前にして、彼女は元の世界に戻れるかもしれない方法を見つけたのです。そして、彼女は一縷《いちる》の望みをかけて異世界への扉《とびら》を開く聖魔法を使いました。ですが、扉は彼女がいた元の世界とは繋《つな》がらず……。別世界と繋がった扉から魔獣が現れたのです」

「まさかその魔獣が……？」

「そうです。私達がこんな姿になる原因となった魔獣です」

「そんな……」

「現れた魔獣は凶暴《きょうぼう》でした。それまで討伐《とうばつ》していたどの魔物よりも強かった。でも、多くの犠牲《ぎせい》を払《はら》いましたが、なんとか倒すことはできました。倒したときに、我々は呪いを受ける結果とはなりましたが……」

　聖女様の「元の世界に帰りたい」という気持ちが、大惨事《だいさんじ》を引き起こしてしまったと知り絶句した。

「国も団員達も、この真実を知りません。突如《とつじょ》現れた魔獣、ということになっています」

「えっ、そうなの？」

　そういえば、魔獣についてと呪われた騎士達の記録はあるが、聖女様が原因だという話は聞いたことがない。リック達もテレーゼ様を純粋《じゅんすい》に慕《した》っていた気がする。

「ええ、テレーゼ様は人目を盗《ぬす》んで異世界への扉を開きましたから。知られると止められますからね。彼女は団長にも知らせていませんでした」

「じゃあ、どうしてパトリスは知っているの？」

「テレーゼ様が持っていた、異世界に戻るための研究資料を偶然目にしたのです。魔法の勉強をしているだけのように偽装《ぎそう》していましたが、私は危険な研究をしていると分かりました。だから、テレーゼ様の動向を見張っていました」

「なるほど……」

「原因を作ったのはテレーゼ様なのに、彼女は自らの騎士団を率いて王都を守った聖女だと賞賛されています」

「テレーゼ様は自ら懺悔《ざんげ》するようなことはなかったの？」

「ありません」

そう言うパトリスの声に怒《いか》りを感じた。大きな犠牲を払ったのだから当然だろう。

私はというと……とても複雑だ。元の世界に帰りたい聖女様の気持ちも分かるけれど、多くの被害《ひがい》が出た原因を作った張本人なのに、賞賛されているなんておかしい。

多くの人が苦しんだのに、黙《だま》っているなんて……。

「パトリスは告発しようとは考えなかったの？」

「もちろん、考えましたよ。でも、すべてを知っているのに、何も言わない団長のことを思うと、私から告発することはできませんでした」

「え……エドはすべてを知っていたの⁉」

「ええ。テレーゼ様が異世界の扉を開いている時、団長は身を潜《ひそ》めて見ていましたから」

「それなら、どうして止めなかったの⁉　テレーゼ様を問い質《ただ》さなかったの？」

「団長の気持ちは私には分かりません。私が見ていた限りでは、テレーゼ様に話を聞くことも、責めることもありませんでした。最後までずっと、何も知らない振りをしていたと思いますよ」

「どうして……」

「テレーゼ様に『この世界で生きて行こう』と決心させることができなかったことや、彼女の苦しみを分かってあげられなかったことを悔《く》いたのかもしれませんね」

「でも……！」

エドはテレーゼ様に話を聞いて、ちゃんと責任を取らせるべきだったと思う。何も知らない王都の人達や団員達のことを思うと、エドがとった行動は正しい選択《せんたく》だとは思えない。

「エドは、パトリスがすべて知っていると気づいているの？」

「いいえ、誰《だれ》も知りません。あなたに話したのが初めてです」

「えっ」

一人、二人は知っている人がいるのかと思った。

「こんな重要なこと、どうして私に教えてくれたの？」

「団長はもういい加減、解放されてもいいと思うのです。テレーゼ様からも……この聖域からも」

「聖域？　ここから出て行った方がいいってこと？」

「ええ。この聖域はテレーゼ様が作ってくれたものだと伝えましたよね？」

「うん。みんなが安心して暮らせるように、って……」

「純粋に私達のためだと思います？」

「どういうこと？」

再びパトリスは言い淀む。悲しい事実がまだあるのだろうか。

「テレーゼ様は耐《た》えられなかったのだと思いますよ。自分のせいで呪われ、醜《みにく》い姿になった者が近くにいることが。それが、自分が愛していた人なら、なおさら――」

「それは……。言葉は悪いけれど、近くにいて欲しくないから、エドやみんなをここに閉じ込めて厄介払《やっかいばら》いしたってこと？」

それが事実ならひどい。愛する人が自分のせいで醜い姿になったらつらいと思う。

でも、テレーゼ様は自分の過《あやま》ちだからこそ、エド達に寄り添《そ》うべきだった。

「私達が自らの意思で、ここにいるように仕向けたのも彼女です。団員達の知らないところで、彼らの家族に『魔物の姿になってしまったため、今は大丈夫《だいじょうぶ》でも次第《しだい》に理性を失っていくかもしれない』と伝え、恐怖心《きょうふしん》を煽《あお》りました。聖女様の言うことなので、人々は信用します。結果、団員達は疎《うと》まれ、恐《おそ》れられ、居場所をなくしたのです」

「そんな！」

みんなは家族や友人、近くにいた人達に拒絶《きょぜつ》されてつらい思いをしたのに、その原因がテレーゼ様だったなんて……。

「エドはそれも知っているの？」

「恐らく」

「…………っ。どうして何もしないの!? エドの馬鹿《ばか》！」

いくら好きな人だからって、いや、好きな人だからこそ、人の道を外れたらちゃんと正してあげなければいけない。

聖女様は自分の犯《おか》した罪を知られることが怖《こわ》くて、保身のためにやってしまったのかもしれない。でも、呪《のろ》われたみんなを孤独《こどく》に追いやったなんてあんまりだ！

「団長は私達に真実を言えずにいることに罪悪感を抱《いだ》いています」

エドが「呪いを解かなくてもいい」と言った原因はこれだろう。

「ふふ。そうやって怒《おこ》ってくれるあなただからこそ、団長を呪いから……そしてテレーゼ様から解き放つことができると思います」

「……そうかな」

「ええ。私、勘《かん》もいいんです」

「勘も、ね」

「はい。勘も、です」

確かに美貌《びぼう》、知識、魔法《まほう》の才能など、色々お持ちですね。

「一応団長のフォローをしておきますと、魔獣《まじゅう》の討伐は、団長がいなければ果たせませんでした。多くの命は、団長がいなければ守ることはできませんでした。王都のために最も身を削《けず》り、血を流したのは間違《まちが》いなく団長です」

「……うん」

エドが命がけで戦う姿を想像することができる。人々を守りたいという思いで戦い抜《ぬ》いたのだと思う。だからこそ、みんなエドを慕っているし、すべてを知っているパトリスも離《はな》れないのだろう。

「テレーゼ様って、もう亡《な》くなっているわよね？　エドとはどうなったの？」

「……分かりません。聖域を作ってしばらくは、テレーゼ様も顔を見せてくださっていたのですが、その内姿を見ることはなくなりました。聖域に入る情報は限られていますから、テレーゼ様がその後どのような人生を送ったのか、私は知りません」

「そっか……」

セインに聞いてみれば分かるだろうか。一度調べてみてもいいかもしれない。でも、パトリスの話を聞くことができてよかった。

やっぱり、絶対エドの呪いを解こう！　そして、みんなに本当のことを話して貰《もら》おう。

「エドの解呪《かいじゅ》に取りかかれるように、パトリスの解呪もがんばるね」

「ああ、それには及《およ》びません」

「え？」

両手を握《にぎ》って気合いを入れたのに、サラッと流されてしまった。

「コハネ、一枚毛布を頂けますか？」

「何に使うのだろう」と思いつつも、言われた通りに毛布を渡《わた》す。

「では……」

毛布を体に巻いたパトリスが魔法を使う。私は見たことのないとても複雑な魔法だ。

見守っていると、パトリスの周囲から「パリンッ！」とガラスが割れるような音がした。

　すると、ハーピーだったパトリスの体が変化し始めていることに気がついた。体を覆《おお》っていた桃色《ももいろ》の羽毛《うもう》が消えて人肌《ひとはだ》が現れた。黒一色だった目も、アメジストのような瞳《ひとみ》に変わっていく。残った桃色は、柔《やわ》らかそうな髪《かみ》になった。

「え⁇」

　私は解呪をしていない。でも、パトリスは人間に戻《もど》った！　動揺《どうよう》する私に、紫《むらさき》の目に桃色の髪の麗人《れいじん》はにっこりと微笑《ほほえ》んだ。この微笑む感じ――絶対パトリスだ！

「どうです？　戻ったでしょう？」

「…………」

　私は何も言えない。どうなっているのだろう。パニックで黙っていると、私を見ていたパトリスは何かに気づいたような顔をした。

「あ、空気を読んでいませんでしたね。気が利《き》かなくてすみません」

「？」

　何の話？　と聞く間もなく、パトリスは自分の体に巻いていた毛布をストンと落とした。

　そうなると、当然全身が露《あらわ》になるわけで……。

　私が黙っていたのは、今までの『お約束』を期待しているからだと思ったようだ。

「そういうことじゃないわ！　早く拾って巻いて～！」

「おや、違《ちが》いましたか？」

私が焦《あせ》るのが面白《おもしろ》くて、絶対にわざとやったと思う。急いでポケットにあった服を取り出し、パトリスに向かって投げつけた。

「ありがとうございます。あ、コートもありますか？」

「どうぞ！」

ご希望に応《こた》え、セインの黒いコートも投げつける。何でもいいから早く着て欲しい！

顔を逸《そ》らしながらパトリスに話しかける。

「パトリス、自分で戻れたの!?」

「呪いを壊《こわ》す魔法の研究はしていましたので。上手《うま》くいきましたね」

聖女ではないのにこのレベルの解呪ができるなんて、パトリスは凄《すご》すぎる。

「解呪できるのなら、どうして今までしなかったのよ」

「この魔法は他者に施《ほどこ》すことはできないのです。団長や団員を残して、自分だけ元の姿に戻ることはできません。人に戻ると、彼らとは同じ時の流れで生きることはできなくなりますから」

「パトリス……」

みんなと一緒《いっしょ》にいたくて、魔物のままでいたようだ。今までのみんなの反応を見て、パトリスは厳しい人なのかなと思っていたけれど、温かい人のようだ。

「パトリスってお母さんみたいだね。厳しくて優《やさ》しい。そして面倒見《めんどうみ》がいい」

私、パトリスにとっても母性を感じました！

「そうですか。なんでもいいですが、お母さんとは呼ばないでくださいね」

「了解《りょうかい》しました！」

「では、戻りましょうか。リュシアン達が総当たり戦をしていると小耳に挟《はさ》んだので、私も交ぜて貰いましょう」

「ワア、それはみんながとっても喜びそうデスネ！　そんなことよりここって周囲は水辺よね？　パトリスは人間に戻ったけれど、私達はどうやって帰るの？」

「おや、私としたことが、うっかりしていました。泳いで帰るか、ここに二人で暮らすしかありませんね」

「泳ぎます」

瞬時《しゅんじ》に二択《たく》の選択《せんたく》を済ませ、準備体操を始めた私の横でパトリスは、氷の魔法で水面を凍《こお》らせると、その上を優雅《ゆうが》に歩いて帰って行った。

パトリスとずっと一緒にいたら、私は遅《おそ》い反抗《はんこう》期を迎《むか》えてしまいそうだ。

そんなこんなでパトリスに振《ふ》り回されながら、みんなが集まる場所に帰ってきた。

戻ってくるのが遅くなったので、みんなはお昼ごはんの準備を始めてくれていたのだが、人の姿で現れたパトリスを見て固まった。

リックはおたまを落とし、リュシーがマントにしている毛布もバサリと落ちた。

クレールは持っていたトマトを握りつぶしてしまっている。

「「副団長!?」」

「ただいま。コハネに元に戻して貰ったよ」

軽い感じで話すパトリスを見て、エドも驚《おどろ》いている。パトリスは自ら元の姿に戻ったが、自分だけなら元の姿に戻れたことを知られたくないらしい。

「残るは団長のみですね」

パトリスがエドに話しかける。

「あ、ああ……」

「戻ったらお酒でお祝いしましょう。コハネ、いいですか？」

「え？　も、もちろん！」

ポケットにはまだまだ酒樽《さかだる》が残っている。

「やった！　また宴会《えんかい》ができるぞ〜！　肉だ！　酒だ〜！」

「わあ、僕も楽しみだ！」

「おい。宴会を喜ぶのではなく、団長が元の姿になることを喜べ」

「堅《かた》いなあ、クレール先輩《せんぱい》。もちろん両方嬉《うれ》しいに決まっているじゃないですか！」

三人がはしゃぐ様子を、エドは複雑そうに見ている。

「楽しみはとっておきましょう。団長の解呪ができるまで、お酒は我慢《がまん》ですよ」

「！」

エドがパトリスの言葉に驚く。

「分かりました！　まあ、もう目前だろう！　な、コハネ！」

「コハネなら余裕《よゆう》だよ！」

「頼《たの》むぞ。くれぐれも無理はせずに……」

「うん、任せて」

エドはますます複雑そうな表情だ。そして、そんなエドの横でパトリスは微笑んでいる。

パトリスの追い込んでいくスタイルがすごい。

「ああ、そうだ。君達は総当たり戦をするそうですね。私も参加させて貰います」

「「「！！！」」」

にこやかに笑うパトリスの言葉に、三人の顔が凍りついている。

「おや、異議があるのかい？」

「「「いえ……」」」

「そうですよね。仲間外れはよくないですよね」

「パワハラ……」

「コハネ？『ぱわはら』とは何ですか？」

「なんでもないです」

脳裏《のうり》に浮《う》かんだ言葉を思わず口にするという失態をおかしてしまったが、異世界にパワハラという言葉がなくて救われた。

みんなが用意してくれていた昼食を食べた後、外で四人による総当たり戦が開催《かいさい》された。

まずはパトリスにも武器が必要なので、ポケットから出して選んで貰《もら》った。

「これにしましょう」

そう言ってパトリスが手に取ったのは白い細身の魔法剣《まほうけん》だった。とても似合う。

「君達。私は人の姿に戻ったばかりだから、お手柔《てやわ》らかに願うよ」

「どの口が言うんだよ……」

「セドリック？」

「なんでもないです！　よろしくお願いします！」

今日はパトリスが三人と順番に戦っていくらしい。私は静かに観戦していたのだが……。

「パトリス、強い！」

魔法に優《すぐ》れているパトリスは、剣はそれほど得意ではないのかと思っていたけれど、そんなことはなかった。

私のような素人目《しろうとめ》にも分かるほど、圧倒的《あっとう》に三人より強かった。さすが副団長だ。

副団長のパトリスがこんなに強いのだから、団長のエドはどれだけ強いのだろう！

「あ！」

エドのことを考えていたら、どこかに向かっているエドの後ろ姿を発見した。

「ごめん、リュシー。ちょっと離《はな》れるね」

「えええええ!? コハネ～！　僕は何を糧《かて》に頑張《がんば》ればいいんだよー！」

リュシーの悲愴《ひそう》感漂《ただよ》う叫《さけ》びを聞いて申し訳なくなったが、今はエドの動向が気になる。

見失わないように必死に走って追いかけた。


全力で走ったのだが、エドの姿を見失った。でも、この辺りにいるはずだ。

深呼吸をして、乱れてしまった呼吸を整えながら周囲を見渡《みわた》す。

すると、少し先に金色が見えた気がした。今度は見失わないように、すぐに駆《か》け寄った。

「エ……ド？」

見つけた金色は確かにエドだったのだが、フェンリルではなかった。白銀の鎧《よろい》を着た金《きん》髪《ぱつ》の騎士《きし》――聖域に来たばかりの時に見た、本当の姿のエドだった。

木々の間から差し込んだ光を浴びて、黄金の髪《かみ》と白銀が光っている。エドが佇《たたず》む光景は絵画の様に綺麗《きれい》だ。この美しさは、間違《まちが》いなくエドだ！

「エド!!　呪《のろ》いが解けたの!?」

「コハネ？」

「……あれ？」

慌《あわ》てて駆け寄った私に目を向けたのは、フェンリルのエドだった。

どういうこと？　あんなにはっきりと見えていたのに、見間違《みまちが》いだったのだろうか。

そんなはずはないと思うのだが……。

「コハネ。俺を追って来たのか？」

「あ、うん……」

やはりフェンリルのエドだ。どうして呪いが解けたように見えたのか分からないが、今はとにかく話をしよう。

エドがいたのは初めて見る場所で、日当たりのいい広場だった。広場にはいくつも土が盛られているところがあり、そこには錆《さ》びた剣が突《つ》き刺《さ》さっていた。

「もしかして……お墓？」

「……ああ。魔物《まもの》の姿になってしまったため、一緒《いっしょ》に暮らしていた部下達が眠《ねむ》っている」

テレーゼ騎士団はエド達五人だけではなく、もっと人がいたと聞いていた。

ここに眠っている人達は、不老の魔物として生きていくことに耐《た》えられず、自ら終わりを選んでしまった人達だろう。

「呪いがなかったら、幸せな人生を送っていたはずの者達だ。魔獣《まじゅう》さえいなければ……」

エドは墓標の一つ一つに目を向けていく。その目は深い悲しみに染まっている。

テレーゼ様が異世界の扉《とびら》を開けてしまったのは自分のせいだと、自責の念に駆られているのかもしれない。

「魔獣が出たのは、エドのせいじゃないよ」

「…………」

思わずそう声をかけたが、エドの心には全く届いていないようだ。「何も知らないからそんなことを言えるのだ」と聞き流しているのかもしれない。

私はすべて知っていると伝えるべきか迷う。でも、「知っているからみんなに真実を話せ」と、強要するようなことはしたくない。

エドには自分の意思で、みんなに真実を語って欲しい。

「ねえ、エド。お墓参りはみんなで来ようよ。ここに眠っている仲間も、みんなで会いに来てくれた方が嬉しいよ。喜びも悲しみも分かち合えるのが仲間でしょう？　……一人で抱《かか》えている人がいたら悲しいよ」

「コハネ……」

エドの大きな体に抱《だ》きつき、ギュッと抱きしめた。

本当のことを話しても、みんなならきっと一緒に受け止めてくれるから——。

「エド、もう一人でお墓参りに来ちゃだめだからね。約束よ？」

「…………」

エドから返事はなかった。約束できないから黙《だま》っているのだろうか。でも、エドが一人でお墓参りをしているのを見つけたら、私がみんなを呼びに行けばいい。

これ以上一人で抱えないきっかけになればいいけれど……。

翌日の朝、いつも通り食堂に集まり、みんなでごはんを食べていた。わいわいと賑《にぎ》やかな声が溢《あふ》れていたが、エドだけは静かだった。

そして早々に食べ終わり、一人で出て行こうとしたのだが、パトリスが呼び止めた。

「団長、待ってください。このあと、団長の解呪《かいじゅ》をして貰いましょう。早く全員元の姿に戻《もど》って、お祝いがしたいですから」

「そうですね、早く酒を飲みたいです！　コハネ、頼むよ！」

「う、うん……！」

パトリスがどんどんエドの退路を断って行っている気がする。

「それに現状だと、団長はペット枠《わく》ですよ」

「パトリスひどい！」

あまりの言いようにエド当人ではない私も衝撃《しょうげき》を受けた。

「コハネも食べ終わったら、すぐに取りかかってくださいね」

パトリスからの「解呪しろ」圧が凄《すご》い。私も急いで食べ終えて、エドの解呪を始めることにした。

「エド。手を出して」

今までとは違《ちが》い、エドが乗り気ではない。でも、私も早くエドに元の姿に戻って欲しいし、解呪できる限界までがんばろうと思った。

パトリスの解呪をしなかった分、力に余裕《よゆう》がある。気合いを入れて臨《のぞ》むと、自分でも驚《おどろ》くほど順調に解呪が進んだ。この調子だと、すべての呪いが解けるかもしれない！

そう思い、魔力《まりょく》を一気に注ぎ込んだ瞬間《しゅんかん》――。

「⁉」

解呪している私の魔力が、弾《はじ》き飛ばされたような感覚がして手を放してしまった。

「コハネ？　どうしたの？」

「分からない。解呪ができなくなったの……」

「解呪ができない⁉」

こんなことは初めてだ。ちゃんと解呪を発動しているはずなのに、まったくエドに響《ひび》かない。混乱する私達を尻目《しりめ》にして、エドは外へ出て行ってしまった。

「エド、どこに行くの？　エド！」


「本当に間抜《まぬ》けな女だわ」

　コハネから複製した、植物を生長させる魔法を使いながら笑う。私は今、王都周辺の農家を救う活動の最中だ。

　リノ村近くの聖樹も、コハネから再複製した浄化《じょうか》を使うと完璧《かんぺき》に浄化できた。さすがにもう魔物が出るようなことはないだろう。

　新たに複製したこの作物を育てる魔法のおかげで、私の評判が更《さら》によくなっているし、順風満帆《じゅんぷうまんぱん》だ。

「聖女ダイアナ様、助けてくださってありがとうございます！　最近何故《なぜ》か作物の育ちが悪くなって、本当に困っておりました」

「お力になれて嬉《うれ》しいわ。ねえ、アーロン様」

「……ああ」

　一つだけ懸念《けねん》があるとすれば、アーロン様のことだ。聖域から戻って来てからのアーロン様は、私を避《さ》けようとする。

でも、魔法で社会貢献《こうけん》する私について行くようにと、メレディス様に指示をされているので、こうして私と一緒に行動している。

王太子様に「一緒にいろ」と言われているのだから、私達の関係は国に認められているようなものだ。

万が一、アーロン様が心変わりして私のことが好きじゃなくなっても、国の後押しがあればなんとかなるだろう。

新たな魔法を手に入れた今、思い切ってメレディス様に取り入ってみてもいいかもしれない。何にしろ、聖女の私を国が手放すようなことはないはずだ。

「聖女様、こんなものしかありませんが……」

農家の女が、私に畑の作物を渡《わた》そうとしてきた。土を洗い流しただけの汚《きたな》い野菜だ。受け取る気はないが、その場で捨てるわけにはいかない。だから、適当なことを言って断る。

「ありがとう。でも、お気持ちだけで構わないのよ。大切な作物は、皆《みな》さんで召《め》し上がってください」

「聖女様！　なんてお優《やさ》しい……」

いらないから断っているだけなのに、私の言葉に感激している人達を見ていると、大笑いしそうになる。

「あの、聖女様……」

馬車に乗って去ろうとしている私に、どこかの農民が話しかけてきた。

「以前、聖女様のお世話になりました。儂《わし》の畑に魔法をかけていただいたのですが……」

そこまで言われて思い出す。この男は、たしかこの近くの農家だったはずだ。

近所だから、またお礼を言いに来たのだろう。

「当たり前のことをしているだけですので。そんなに感謝されるようなことでは……」

「あの、違うんです！　作物が魔法をかけて貰《もら》う前の状態に戻ってしまって……」

「はあ？」

危ない、思わず顔を顰《しか》めてしまった。農家の男が驚いたような顔をしたが、構わず話す。

「私の魔法で作物は育ちましたよね？　まだ収穫《しゅうかく》していなかったのですか？」

「収穫しました！　その収穫したものも、まだ畑に残っていたものも、すべて元の状態に戻ってしまったんです！　どうしたらいいか……！」

すべての作物が元に戻った？　どういうこと？

「……とにかく見てみよう」

「第二王子様！　ありがとうございます！」

考えているうちに、アーロン様が対応を決めてしまった。魔法を使うのは私なのだから、勝手に決めないで欲しい。最近のアーロン様は私に優しくないし使い勝手が悪い。

男の農地は近くだったため、ぞろぞろと私達は歩いて向かう。私は近くでも馬車を使いたかったのに、アーロン様が歩くから一緒《いっしょ》に行くしかない。綺麗《きれい》な靴《くつ》に泥《どろ》がつくのが嫌《いや》だ。

歩きながら『魔法をかける前の状態に戻った』というのは、どういうことかを考える。

リノ村の聖樹の浄化が失敗してしまったときのように、私が複製した魔法は不完全だったということ？

男の農地に到着《とうちゃく》すると、他《ほか》の農家らしき人達も集まっていた。彼らは不安そうな顔でこちらを見守っている。嫌な感じだ。

魔法をかける前に戻った、という男の農地を見てみる。半分は野菜を収穫したようで何もない。もう半分は野菜が残っていたが、ひどく痩《や》せていた。

昨日私が魔法をかけて作物を生長させたはずなのに、その面影《おもかげ》はまったくない。

「収穫したものはあちらです……」

男が指差す方を見てみると、同じように痩せた野菜が山積みになっていた。

私の魔法がかかった作物は、どれも瑞々《みずみず》しくてよく育っていた。でも、ここにそんなものは一つもない。本当に魔法をかける前に戻ってしまっているようだ。

「聖女様……どうか、お救いいただけませんか？」

「……もう一度、魔法をかけてみます」

「お願いします！」

何度も同じところに魔法をかけるなんて面倒《めんどう》だけれど仕方がない。

コハネから複製した魔法を再びかけると、畑の野菜は瑞々しく生長していった。

見ていた農家から「おお」という感嘆《かんたん》の声が上がる。ほら、問題ないじゃない。

「これで大丈夫《だいじょうぶ》でしょう」

「ありがとうございます！　あの、あちらも……」

男は収穫済みの野菜の山を指差す。舌打ちをしそうになったが、我慢《がまん》して魔法をかけた。

畑の野菜のように生長すると思ったのだが……。

「あ、あれ？　変わり……ませんね？」

農家の男が動揺《どうよう》する。私だって焦《あせ》る。なぜなの？

「ど、どうしてかしら？　もう一度かけてみましょう」

もう一度魔法をかけてみたが、収穫済みの野菜に変化はない。更に何度か魔法をかけてみたが、結局生長させることはできなかった。

「……あの野菜は王家で買い取ろう」

「！　ああっ、助かります。ありがとうございます！」

アーロン様の言葉に、農家の男がホッと胸を撫《な》で下ろしている。

がんばった私を労《ねぎら》わない、二人にとても腹が立った。苛々《いらいら》を隠《かく》せなくなってきた私の下《もと》に、見守っていた農家達が声をかけてきた。

「あの、聖女様……うちもかけていただいた魔法の効果がなくなりまして……」

「実はうちも……！」

私の魔法を受けた農地を持つ農家達が次々と名乗り出る。どこも魔法をかける前の状態に戻《もど》ったという。どうなっているの⁉

「静かに！　ここから近い場所から順番に回っていく！」

アーロン様が、我先にと騒《さわ》ぎだした農家達を鎮《しず》めた。そして農家達をまとめている男と話をはじめ、行く先を決めていく。私はそれを呆然《ぼうぜん》と見守るしかない。

「ダイアナ、行くぞ」

「は、はい……」

アーロン様に付いて行く先々で、私は魔法をかけていく。収穫してしまっていたものは、最初の農家のときと同じように生長させることはできなかった。

そういうものは、すべてアーロン様が買い取る手配をしていく。

すべての農家を回り終わったときには、すっかり日が暮れていた。

疲《つか》れた上に、城へ戻る馬車の中はピリピリしている。

「ダイアナ、いったいどうなっているのだ」

「きっとコハネ様が……」

「邪魔《じゃま》をしているというのか？　聖域にいるコハネがどうやって妨害《ぼうがい》するのだ！」

私の言葉を遮《さえぎ》るようにアーロン様が吐《は》き捨てる。ひどい！

「そんなこと、私には分かりません！　どうして私を責めるようなことを言うのですか！　アーロン様は、私を守ると言ってくださったでしょう！」

「……そうだ」

「だったら！」

「……俺がその言葉を最初にかけたのはコハネだった」

「……………？」

だから何だというのだろう？　私よりもコハネの方がよかったとでも言いたいのか。

もう何も話す気になれない。沈黙《ちんもく》を保ったまま、馬車は城に着いたのだった。

翌日の朝。城の中を歩いていた私は、メイドや騎士《きし》達の態度がおかしいと感じていた。

昨日の農地のことがあるからかと思っていたが、そうではなかった。

「何よ、これ！！！！」

部屋の中でそれを広げて叫《さけ》んだ。

『緊急《きんきゅう》速報　疑惑《ぎわく》の聖女ダイアナ』という見出しの新聞だ。その新聞には、私が魔法《まほう》をかけた畑の詳細《しょうさい》が掲載《けいさい》されていた。そして、驚《おどろ》くべき内容を目にする。

「え？　私が魔法をかけ直した農地……また元に戻ってしまったの？」

昨日再対応した農地のすべてが、また元の状態に戻ってしまったらしい。

「そんな……あんなに大変だったのに！　どうして⁉」

農地の詳細と共に、農家の証言も載《の》っている。

『最初は助かると思ったが、いたずらに掻《か》き回されただけだった。結局、問題は何も解決できていない。我々も黒の聖女様に魔法をかけて貰いたい』

黒の聖女……コハネのことだ。私と比較《ひかく》するようにコハネのことを載せるなんて！

新聞を破り捨てたくなったが、続きの記事を見て目を見開いた。

「こんなことまで……！」

書かれていたのはコハネと私の功績の比較だ。コハネが浄化《じょうか》した聖樹は現在もしっかりと機能しており、近辺で魔物が出たことはない。

そして、コハネが魔法をかけた農地はずっと豊かで、収穫される作物の質はとてもいい。

ご丁寧《ていねい》にコハネに対して感謝の意を述べる農家達のコメントも載せてある。

一方、私が浄化したリノ村と王都の聖樹は、すぐに浄化前の状態に戻ってしまい、魔物が現れている。

私が魔法をかけた農地も、いい効果は一時的なものでしかない、と。

そして、私について、とある騎士の証言も書かれている。

『ダイアナ様の外面《そとづら》に騙《だま》されてしまった。彼女の本性《ほんしょう》はひどいものだった。傲慢《ごうまん》で人を見下し、騎士なんて道具だと思っている。そんな彼女の術中に嵌《は》まり、故郷を救ってくれた真の聖女であるコハネ様を蔑《ないがし》ろにしてしまった』

取り繕《つくろ》っていない私の姿を知っている騎士となると……きっとあの田舎《いなか》騎士だ。少し顔がいいという程度でそばに置いてあげたのに、こんな裏切りをするなんて許せない！

クビにしてやると意気込んでいたところで、コンコンと扉《とびら》をノックする音がした。

訪ねて来たのはアーロン様の騎士だった。何やら戸惑《とまど》っている様子だ。

「農民達がダイアナ様に面会を求めて押し寄せています。ダイアナ様に魔法をかけて貰《もら》った農地が元に戻ったと言って……」

「私は体調不良よ！　部屋から出ないわ！　お引き取り頂いて！」

「は、はいっ！」

言い切る前に下がらせた。もうどうでもいい農民の話はうんざりだ。

ちょっと好感度を上げるために始めただけなのに、こんな面倒なことになるなんて！

「もう、コハネを連れて来た方がいいのかも」

原因は分からないが、複製した能力は長持ちしないのかもしれない。そうなると、本人に魔法を使わせて、その功績を奪《うば》った方が確実だ。

農民が困っていると伝えたら、お人好《ひとよ》しのコハネは出てくるかもしれない。とにかく、言いくるめて連れて来よう。

今度はあとをつけられないように、気をつけて聖域に行かなければならない。

廊下《ろうか》に出て周囲を探《さぐ》ってみるが、人がいる様子はない。聖女の私に護衛の騎士がいないなんて、それはそれで問題では？

身を隠しながら廊下を進んで行くと、雑談をしている声が聞こえて来た。

様子を覗《のぞ》いてみると、騎士達が話しているのが見えた。

「お前、例の新聞を見たか？」

「ああ、驚いたな」

どうやら話題は、私のことが書かれていた新聞についてのようだ。あの新聞はどこの新聞社のだろう。絶対に潰《つぶ》してやる。

「新聞に書かれていたことは本当らしいな。しかもあれだけじゃなく、ダイアナ様がアーロン様を誘惑《ゆうわく》して略奪《りゃくだつ》したそうだ。それでコハネ様は、追いやられてしまったらしい」

騎士の言葉に憤《いきどお》る。どこの誰《だれ》がそんなことを言ったのだ！

「でも、コハネ様がダイアナ様に王都の儀《ぎ》式《しき》を押しつけたから、アーロン様が見限ったんじゃなかったのか？　俺はそう聞いていたけれど……」

私が用意した『真実』はそれだ。ただの騎士達はそう思っていればいい。

「それがな、それもダイアナ様の企《たくら》みだったって噂《うわさ》がある。使命を押しつけられたことにして、コハネ様を陥《おとしい》れたとか」

バレるはずがないのに、どこからそんな話が出たのだろう。

「新聞に騎士の証言があっただろう？　ダイアナ様がひどい態度だったのを見た騎士は、何人かいるらしいぞ。顔のいい男には媚《こ》びて、そうじゃない奴《やつ》には偉《えら》そうだったってさ」

「今思えば、コハネ様は愛らしい方だったな」

「そうだな。コハネ様は今、どこにいるんだ？」

「聖域にいるらしい」

コハネが聖域にいることも、周知の事実になっているようで驚いた。

「聖域って聖女様しか入ることができないんだろう？」

「ああ。ダイアナ様は入ることができなかったそうだ」

「えっ！　じゃあ、ダイアナ様は聖女じゃないってことじゃないか！」

……この話が広がるのはまずい。

「それが『コハネ様が入れなくしている』と言ったそうだ」

そう！　その話を信じて広めればいいのよ！

「王都の儀式でダイアナ様の方が優秀《ゆうしゅう》だったと判明した、と聞いた気がするぞ？　でも、それだとコハネ様の力の方が優秀ってことにならないか？」

「だからさ、ダイアナ様の話は破綻《はたん》しているんだよ」

「偽物《にせもの》の聖女ってことか……」

話がいい流れになったと思ったのに、結局まずい方向に戻《もど》って来てしまった。

「じゃあ、偽物が浄化した王都やリノ村はどうなるんだよ」

「さあな」

「アーロン様はダイアナ様に誘惑されて、コハネ様を追い出してしまったんだろう？　聖樹がおかしくなってしまったら、コハネ様は助けてくれるのだろうか」

「どうだろうな……」

コハネなんて必要ない！　好き勝手言っている奴は全員クビにしてやる。

コハネのそばにいる騎士を私のものにできたら、王都の騎士なんていらないわ。

不愉快《ふゆかい》な話をこれ以上聞いていられない。

騎士達がいる廊下を避《さ》け、他《ほか》の場所から外に出る。誰にも見つからずに出ることができたと、ホッとしながら進んでいると誰かとぶつかった。

しまった！　ぶつかった相手は、見つかると一番面倒《めんどう》な相手の農民達だった。

「あ！　聖女様！」

周囲にいた農民達も私に気がついてしまった。彼らは私を取り囲み、次々に叫び出す。

「聖女様！　うちの畑が！」

「果樹園が！」

「野菜が！」

「…………っ！」

農民の田畑や果樹園なんてどうでもいい。むさ苦しい男達に囲まれて気分が悪い。

私は聖女だ。あなた達が触《ふ》れていい存在じゃない。

「黒の聖女様はどこですか！」

「あああああっ、うるさいわね！」

コハネのことを言われ、思わず怒鳴《どな》ってしまった。騒々《そうぞう》しかった農民達が黙《だま》り、辺りはシーンと静まった。

「ご、ごめんなさい。コハネ様が私の妨害《ぼうがい》をしているから、過敏《かびん》になってしまって……」

取り繕ってそう言うと、農民達はまた一斉《いっせい》に話し始めた。

「妨害？　でも！　黒の聖女様が魔法《まほう》を施《ほどこ》したところは豊作だと聞きます！」

「どうして王都とリノ村だけ魔物が出たり、作物が育たないのですか！」

「黒の聖女様はどこにいるのです！」

「うちにも黒の聖女様の魔法を……！」

黒の聖女様、黒の聖女様ってうるさい！　再び怒《いか》りが爆発《ばくはつ》しそうになった、その時――。

「きゃあああああっ」

どこからか悲鳴が聞こえて来た。

「何!?　何なの!?」

悲鳴が上がったのは、それほど遠くない距離《きより》だ。耳を澄《す》ましていると、すぐにいたるところから悲鳴が上がりだした。

「逃《に》げろ！　魔物《まもの》が出たぞ！」

「魔物⁉」

「うわあああっ！！！！」

農家達が蜘蛛《くも》の子を散らすように逃げていく。こんなところに魔物⁉

信じられなかったが、慌《あわ》てて城の中に逃げ戻った。

ここにいれば王族を守るため騎士《きし》がたくさんいるし、王都の中で一番安全だろう。

「おい！　城の中に逃げろ！」

声の方を向くと、商人らしき人達が城の中に駆《か》け込んできた。

ここは城の中でも一般《いっぱん》の者が入ってはいけないところだ。それに何かあったときに、騎士達が守らなければいけない対象がたくさんいるのは迷惑《めいわく》だ。

「ここに入ってはいけません！　他のところに……」

「他ってどこだ！　王都の中は、どこも魔物だらけだ！」

「…………え？」

七章　聖女の選択

解呪《かいじゅ》が終わっていないのに食堂から出て行ったエドをみんなで捜《さが》した。

私はエドがどこにいるのか、なんとなく分かった。みんなで行くより、まずは私一人で話を聞きたい。

思い当たった場所、騎士団の仲間達が眠《ねむ》る広場を再び訪《おとず》れてみると……いた。

昨日と同じように、お墓の前に黄金のフェンリルの姿があった。話しかけていいか迷ったが、話をしないと何も分からない。私は今のエドの気持ちを知りたい。

「……エド。何を考えていたの？」

静かにエドが話し出すのを待つ。しばらくすると、エドは意を決したように話し始めた。

「コハネは……俺が隠《かく》していることを、すべて知っているんじゃないか？」

「うん。パトリスから聞いたの」

「……そうか。パトリスはすべて知っていたんだな」

「テレーゼ様が危険な研究をしていると気づいたから、動向を探っていたんだって」

「なるほど……俺と同じだな。パトリスはどうして何も言わなかったんだ？」

「一番苦しんでいるエドが何も言わないから、パトリスは自分から告発する気にはならなかったって」

「…………。すべてを飲み込むのは苦しかっただろうな。俺のせいでパトリスにつらい思いをさせてしまって申し訳ない」

「テレーゼ様とは話し合わなかったの？　ちゃんと責任をとるように言えなかったの？」

「…………」

私の質問にエドは言葉を詰《つ》まらせた。しばらく黙っていたが、口を開くとテレーゼ様について話し始めた。

「テレーゼは君と同じ異世界人だった。彼女は強く、美しい人だった。国の都合で召喚《しょうかん》されたことには強い憤《いきどお》りを示していたが、聖樹の浄化《じょうか》には協力的だった。自分にしかできないことで、救える人がいるなら『やるしかない』と。それ相応の対価は求めて来たがな」

「相応の対価？」

「ああ。まず、召喚されたことによる不利益の賠償《ばいしょう》。そして、この国で過ごしていく上での保障。あとは浄化の旅に対する褒賞《ほうしょう》」

「しっかりしている女性だったのね」

ただただ反発するしかできなかった私とは大違《おおちが》いだ。

「そうだな。自分の意見を理路整然と話し、納得《なっとく》できないことには絶対に首を縦に振《ふ》らない、芯《しん》の強い女性だった。正義感も強く、弱者のためによく尽力《じんりょく》してくれた。聖女に相応《ふさわ》しい人だった」

本当に立派な人だったのだろうと思う。エドにこんな風に言って貰《もら》えるなんて羨《うらや》ましい。

「そんな彼女を守ることが、俺の誇《ほこ》りだった。だが、当時の俺は未熟で、自分のことで精《せい》一杯《いっぱい》だった。彼女に相応しい男になろうと必死で、彼女のことを見ていなかった。彼女が抱《かか》えていた孤独《こどく》や寂《さび》しさに気づくことができなかった。そして……彼女は自分の世界へ帰るために、異世界の扉《とびら》を開いてしまったんだ」

エドの後悔《こうかい》が伝わってくる。これだけ長い時間が経《た》っても、消えることのない後悔を抱えているなんて、とてもつらいだろう。

「魔獣《まじゅう》を倒《たお》した後、俺はテレーゼにすべてを告白するように言ったんだ」

「え？　言ったの？」

「ああ。然《しか》るべきところに申し出て、共に償《つぐな》おうと思っていた。だが……」

言葉を詰まらせたエドは苦しそうだ。

「無理に話さなくてもいいよ」と伝えたが、エドは首を振って話を再開した。

「その時の彼女は、責任をとれるほどの精神状態じゃなかった。罪を告白すれば……彼女は生きることをやめてしまうだろうと思った」

「そんな……」

責任感が強かった人のようだから、犯《おか》した罪の大きさに耐《た》えられず、心が壊《こわ》れてしまったのかもしれない。

「テレーゼはこの国の召喚によって、生まれ育った世界での未来を奪《うば》われてしまった。『姉の結婚式《けっこんしき》に出たかった。歳《とし》をとっていく両親と一緒《いっしょ》にいたかった。友達の子どもに会いたかった。続きを読みたい本があった』そうやって泣き叫《さけ》ぶ彼女を見ていると、国の都合でこんな運命を背負わされているテレーゼを、国に差し出すことはできなかった」

テレーゼ様を告発しないことは間違《まちが》っていると、エド自身も分かっていた。

それでも黙っていたエドの気持ちを思うと、涙《なみだ》が込み上げてきた。

「彼女を支えることができなかった俺が悪いんだ。犠牲《ぎせい》にしてしまった団員達には申し訳ない。被害《ひがい》を受けた王都の人々にも償いたい」

私が「エドのせいじゃない」と何度言っても、納得してくれないだろう。

どうすればエドは自分を責めなくなるのだろう。私は何の力にもなれないの？

「テレーゼ様は、エド達をここに追いやったの？」

「……そうだろうな。一番の理由は俺と離《はな》れたかったのだと思う」

「そんな……！」

愛し合って婚約した相手を、遠ざけたいなんて……悲しすぎるよ。

「この聖域で団員達と暮らし始めた最初の頃《ころ》は、テレーゼも度々《たびたび》顔を見せに来ていたんだ。

でも、次第《しだい》に来なくなった。俺を見ていると、自分の犯した罪を突《つ》き付けられるような思いがしたのかもしれない。彼女の力になれないなら、せめて気持ちが楽になるように離れた方がいい。そう思っていたが……。俺もテレーゼが来なくなって、どこか安心するようになっていた。俺とテレーゼの関係は、そうして終わったんだ」

泣かずにいようと我慢《がまん》していたのに涙が零《こぼ》れてしまった。エドとテレーゼ様が幸せになれる方法はなかったのだろうか。

時間を戻《もど》すことはできないから、もうどうすることもできないけれど、せめてテレーゼ様は安らかに眠っていて欲しい。そしてエドは、もう自分を責めないで欲しい。

「どうしてみんなには話さないの？」

「言い訳しか言えない俺を、きっと彼らは許してくれる。でも、それではだめなんだ」

「許されるのはつらい？　魔物《まもの》のままでいた方が楽？」

「……そうだな。罰《ばつ》を与《あた》えられた方が楽だ」

許されるべきではないと思っているから、戒《いまし》めがあった方が救われる。

でも、それじゃだめだ。みんなはエドが苦しむことを望んでいない。

そういう想《おも》いを伝えようと思ったその時、エドがまっすぐな目を私に向けた。

「でも、戒めに縋《すが》って目をそらすのではなく、ちゃんと向き合わなければならないと思うようになった。……コハネ、君のおかげだ」

「え？　私？」

突然《とつぜん》話に私が出てきて驚《おどろ》いた。

「コハネの存在に俺達は救われた」

救われたのは私の方だ。どういうことだろうと、きょとんとしてしまう。

「何の罪もない部下達が元の姿に戻ることができて、本当によかった。ありがとう」

「私、聖女だから解呪はしたけれど、特に何もしていないよ⁉」

焦《あせ》ってそう言うと、エドは優《やさ》しい目で笑った。

「君は俺達と向き合ってくれたじゃないか」

「え？」

「コハネが来る前の俺達は、何の希望もなく過ごしていたんだ。テレーゼ以降の聖女様が度々聖域に足を踏《ふ》み入れることはあったが、俺達の呪《のろ》いを解いてくれる者はいなかった」

「そうなんだ？　クレールから少し話を聞いたけれど……。誰《だれ》も解呪しなかったの？」

「ああ。すぐに森を出て行く者ばかりだったな。生き残った俺達は、自ら命を捨てることはしない。でも、いつまで魔物の姿で生きていけばいいのか……ただ息をして、絶望に耐えるだけのような日々だった」

今の楽しそうに過ごしているみんなからは想像できないけれど、確かにそういう日々があったのだと思うとつらい。

「明るい君がいて、美味《うま》い食べ物があって、人間らしい生活を送ることができるようになった。俺達の心も、やっと健《すこ》やかになれたと思う」

アーロン様に捨てられて、ダイアナにすべてを奪われたような私が、みんなの救いになれたなら本当に嬉《うれ》しい。涙がまた流れて来たけれど、今度は悲しみの涙じゃない。

「君はテレーゼよりも頼《たよ》りなく感じるのにとても強い。しっかりと前を向いて生きていくということは、なんでもないことのようで難しい。まだ俺の姿を変える呪いは解けていないが、心の呪いを解いてくれたのはコハネだ。俺は一歩踏み出してみようと思う。今まで話せなかったことを、みんなに話すよ」

「エド！」

私は思わずエドに飛びついた。目いっぱい力を入れて、ギュッと抱《だ》きしめる。

「コハネ、君に出会えてよかった」

「私もエドに会えてよかった！　みんなの……エドの力になれて嬉しい……」

「さっきは君の解呪《かいじゅ》を拒《こば》んでしまってすまなかった。最後にもう一度、死んでいった仲間達に懺悔《ざんげ》がしたかったんだ。許しては貰えないかもしれないが……」

エドの言葉を聞いて、私はあることを思い出した。

「そんなことはないと思うよ」

「え？」

「あのね、私が初めてここに来た時、一瞬《いっしゅん》だけど、エドがフェンリルじゃなくて、本当の姿で見えたの！　あれはきっとエドの仲間達が、私に呪いを解いて欲しくて、そう見せたんじゃないかな」

あの時に見たエドはとても綺麗《きれい》だった。悪意があって私に見せていたのなら、あんなに美しい光景なはずがない。

リックとリュシー、クレールにパトリス。エドの仲間はみんな優しい。みんなエドの幸せを願っている。お墓に眠《ねむ》っている仲間達もきっとそうなのだろう。

「…………」

私の話を聞いて、エドが目を見開いた。そして次第に、言葉が出ないエドの大きな瞳《ひとみ》が揺《ゆ》れはじめた。

「……勝手に許されたとは思わない。一生仲間を想う。そして……仲間達に心配をかけないように生きる。コハネ、俺の呪いをすべて解いてくれるか？」

エドは迷いを断ち切《た》ったようだ。墓標に差す光が、それを祝福しているように見えた。きっと仲間達が喜んでいるのだろう。

「もちろん！」

私は大きく頷《うなず》いた。エドを長年の苦しみから解き放つことができる！

感極《かんきわ》まりながら解呪をしようと、エドの前足を握《にぎ》ったその時――。

「――！！！」

エドと同時に気がついた。思わず目を見合わせる。

「何、この強い瘴気《しょうき》……！　聖樹があるのに……どうして⁉」

王都の方から感じる禍々《まがまが》しい気配に冷たい汗《あせ》が流れた。

「おびただしい数の魔物の気配だ」

エドの声に頷く。

「団長！　コハネ！」

「パトリス！　みんなも！」

みんなも異変に気がついたようで、合流しようと駆《か》けつけてくれた。

「あちらの様子がおかしいですね」

みんなが鋭《するど》い目で同じ方向を見つめている。

「聖樹に瘴気が溜《た》まっているようなの」

本物の聖女ではないダイアナの浄化《じょうか》は失敗していたようだ。ちゃんと聖樹の浄化をしない限り、魔物の脅威《きょうい》は増すばかりだ。王都には甚大《じんだい》な被害《ひがい》が出るだろう。

王都にはアーロン様とダイアナがいるが、ダイアナの浄化はもう当てにならない。

私を信じてくれなかったアーロン様や騎士《きし》達が守る王都を救えるのは……。

「コハネはどうしたい？」

聖樹の方を見つめる私に、エドが声をかけてくれた。

「私は……。王都の聖樹を浄化しに行くわ！」

聖女と持て囃《はや》されたいから浄化の旅をしてきたんじゃない。誰かの力になりたくて、頑《がん》張《ば》ってきたのだ。今、目の前に、私にしか救えないものがあるのなら行くしかない！

「コハネが行くなら俺達も行く」

「！　ありがとう……」

「テレーゼ騎士団改め、コハネ騎士団だね」

リュシーの言葉にみんなが笑顔《えがお》を見せた。みんなが一緒《いっしょ》なら、私はどこまでも頑張ることができる！

「お願い、みんな。私と一緒に来て！」


勝手に城に入ってきた、小汚《こぎたな》い商人が私の顔を指さした。

「あんた疑惑《ぎわく》の聖女、ダイアナじゃないか！」

「本当だ！」

周りにいた商人達も騒《さわ》ぎ始め、私に詰《つ》め寄ってきた。くだらない新聞を読んだようだけれど、『聖女として扱《あつか》われるべき』なのは私だ！

「あんた、本物の聖女なら王都の魔物《まもの》なんとかしてくれよ！」

「魔物なんて知らないわよ！　どうして私が！」

「オレ達は王都で商売してんだ！　でも、あんたのせいで作物が育たなくて、まともな仕入れができないじゃないか！」

「私のせい？　私は関係ないわよ！」

コハネから複製した魔法のせいで、農家を使った好感度アップには失敗した。でも、元々作物が育たなかったことに、私は関係ない。

「あんたがちゃんと聖樹の浄化をできなかったから、瘴気の影響《えいきょう》で作物が育たなくなったという噂《うわさ》だ！　何のための浄化の儀式《ぎしき》だったんだ！　あんなに派手にやったくせに、ただの見世物だったのか！」

「なんですって！　作物が育たないのは瘴気の影響だなんて、誰が言ったのよ！　適当なことを言わないでくださる!?」

「事実のようだよ」

背後から声が聞こえた。口を挟《はさ》んでくるなんてどいつだ！　と振《ふ》り返る。

するとそこにいたのは、近い将来にこの国で最も上の地位に立つ人だった。

「メレディス様!?」

「お、王太子様……！」

「ああ、かしこまらなくていいよ。普通《ふつう》にしていて。非常事態だしね」

メレディス様はすぐに騎士を呼び、商人達を安全な場所へ避難《ひなん》させた。あんな奴《やつ》らを城で匿《かくま》う必要はないのに、お優《やさ》しいことだ。

そしてこの場所には、メレディス様とアーロン様。セインと数人の騎士が残った。

みんなの私を見る視線が冷たいのは気のせいだろうか。アーロン様に救いを求めたが、気づかなかったフリをされてしまった。

どうしてアーロン様までそちらにいるのだろう。

「王都とリノ村周辺の作物が育たない件は、瘴気が原因みたいだよ。ねえ、セイン」

「君に説明しても無意味だと思うが……」

セインの表情は、いつも通りの陰気《いんき》なものだが、棘《とげ》のある言い方に思わずムッとする。

「瘴気が作物の生長に悪影響《あくえいきょう》を及《およ》ぼすことは、元々疑われていたことだった。だが、検証できるほど聖樹の状態が悪化したことがなかったため、仮説で終わっていたが……。今回は十分検証することができた。よかったな。歴史に悪名を残せるぞ」

「悪名⁉　私は聖女よ！　聖女として名を残すのよ！」

「まだそんなことを言えるんだ？　すごいね」

メレディス様が感心したように笑った。笑顔はとても素敵《すてき》だけれど、さすがにいい気にはなれない。みんなで私を馬鹿《ばか》にしないで欲しい！

「各地の聖樹の状態も調べた。コハネが浄化した聖樹の周辺は瘴気がなく、聖樹から特殊《とくしゅ》な魔力《まりょく》が溢《あふ》れていた。その魔力が作物にも人にも良い影響を与《あた》えている」

「……人にも？」

「ああ。精神的に前向きになれたり、体の不調が整ったりと、人の活動が活発になる傾向《けいこう》がある。君が浄化したところはすべてその逆だ」

「そんなの、適当に調べたんでしょう！　信じないわ！」

声を荒《あら》らげる私に、メレディス様が再び微笑《ほほえ》んだ。

「とにかく、君には聖樹の下《もと》へ行って貰《もら》うからね。本物の聖女様に来て頂くまでの繋《つな》ぎくらいには……なって貰わないと困るなあ」

「…………っ」

笑顔なのに笑っていない目を見て背筋が凍《こお》った。メレディス様はアーロン様よりも線が細いのに、アーロン様よりも迫力《はくりょく》がある。これが上に立つ者なのか。

「アーロン、連れていけ。これはお前が選択《せんたく》した結果だ」

「…………はい」

「残念だよ。お前なら良い王になれたはずなのに」

「王？」

アーロン様が首を傾《かし》げている。私も同じように疑問を感じた。

「王族として最後の務めを果たせ」

最後……とは、どういうことだろう。まるでアーロン様が王族ではなくなってしまうような言い方だ。

困惑《こんわく》しているうちに、メレディス様は城の奥へと戻《もど》って行った。

「王太子は、あなたに王位を譲《ゆず》るつもりだったんですよ」

メレディス様の姿が見えなくなったあと、セインが呟《つぶや》いた。

「馬鹿な！　兄上は魔力も才能も多く、何においても優秀《ゆうしゅう》で、オレは……」

「確かに王太子はとても優秀だ。すべてを一人でこなしてしまう。だからこそ、あなたの方が王に相応《ふさわ》しいと思ったそうだ」

「どういうことだ？」

「欠点があるからこそ、あなたは人の意見を聞くことができた。それは王太子にはない才能で、今のこの国の王に必要なものだと……。だから、自分は陰《かげ》で支えられるように表舞台《おもてぶたい》から退《ひ》き、あなたが王となる土台を整えていたのです。……すべて無駄《むだ》になってしまいましたが」

「そんな……まさか……兄上が……」

アーロン様はセインの話を信じられないようだ。

「正しい選択をしていれば、あなたは良き王になれていたでしょうね」

残念そうに零《こぼ》すセインの表情を見て、この話は本当なのだと思った。

「私、やっぱり王妃《おうひ》になっていたかもしれないのね！」

上手《うま》く聖女をやりきれば、まだ王妃になる可能性はあるかもしれない。私は浮《う》かれそうになったが、セインの表情を見て凍りついた。

今まで言葉は辛辣《しんらつ》でも、表情をあまり変えなかったセインが、怒《いか》りを隠《かく》さないまま私を見ていた。メレディス様のような威圧感《いあつかん》――。

「黙《だま》れ」

「…………っ」

何か言ってやりたいが、恐怖《きょうふ》で何も言えなかった。

「……行くぞ」

歩き出したアーロン様にセインはついて行った。私も騎士《きし》達に促《うなが》され、歩いて行く。

私は馬車ではなく、騎士が手綱《たづな》を握《にぎ》る馬に乗せられた。手綱を握っているのは、あの田舎《いなか》騎士だ。こんな奴とくっつかないといけないなんて最悪だ。

「あなた、私のことを新聞社に売ったでしょう！」

「…………」

「ねえ。馬車にしてよ」

「馬車は小回りが利《き》きません。魔物《まもの》に襲《おそ》われて、逃《に》げられなくてもいいならどうぞ」

「……チッ」

我慢《がまん》するしかないようで、思わず舌打ちをした。そうだとしても、どうしてアーロン様の馬に乗せてくれないのだ。

私達は今、王都の中を駆け抜《ぬ》け、浄化《じょうか》の儀式をした場所に向かっている。

普段《ふだん》は人で溢れている王都がガランとしている。でも、人はいないわけではなく、みんな建物の中に避難しているらしい。

今、王都内を走り回っている魔物は弱いため、戸締《とじま》りをしていれば大丈夫《だいじょうぶ》なのだそうだ。随時《ずいじ》騎士達が討伐《とうばつ》していて、沈静《ちんせい》化しているという。建物や田畑に被害《ひがい》はあるようだけれど、人に被害は出ていないようだ。……なんだ、たいしたことないじゃない。

「コハネは来てくれるのか」

一人で馬に乗り、少し前を行くアーロン様がセインに聞いた。セインも一人で馬に乗り、私達に並走している。

「蝶《ちょう》を飛ばして連絡《れんらく》をとっているところです」

コハネは来るかな。来たら聖樹の浄化をさせた後、私がやったことにできないだろうか。

このままだと私は偽物《にせもの》の聖女になってしまう。また成果を奪《うば》うか、それが無理なら逃げるしかない。

「ねえ、アーロン様。王都は魔物がいっぱいいますし、二人で避難しませんか？」

「お前は……！　よくそんなことが言えるな！」

話しかけた私に、アーロン様が顔を赤くして怒《おこ》った。更《さら》に怒鳴《どな》りたいようだが言葉を飲み込み、私を無視するように前を見た。ちょっと話しかけただけなのにひどい。

「痛っ……!?」

突然《とつぜん》飛んできた何かが私にぶつかった。これは……たまご？　ぐちゃっと崩《くず》れたたまごの殻《から》や中身が服について気持ち悪い。こんなひどいことをするなんて許せない！

「偽物聖女！　お前が騙《だま》したせいで聖樹が枯《か》れかけている！」

「王都の作物が育たず、俺達の暮らしが苦しいのも、王都が滅茶苦茶《めちゃくちゃ》になったのも全部お前のせいだ！」

怒鳴ってやろうと思ったのに、向こうの方から叫《さけ》んできた。

声の主達は避難《ひなん》している建物の二階にいるようだ。なんて無礼な庶民《しょみん》なのだろう。

「あなた！　私の騎士でしょう！　今叫んでいる無礼な奴《やつ》らを捕《つか》まえて！」

手綱を握る田舎騎士に命令をする。よく見ると、この騎士にもたまごが当たっているようだし、捕まえてくる役目を与えられて喜ぶだろう。

「あの者達が言っていることは事実です。捕まえる理由がありません」

「何を言っているのよ！　あんなの言いがかりでしょう！　それにあなたも、たまごをぶつけられたのだから、怒ればいいでしょう！」

「これは……恩を仇《あだ》で返してしまった俺の自業自得《じごうじとく》です」

「何それ、わけが分からない！」

そんな話をしている間に馬は進み、失礼な奴の姿は見えなくなってしまった。だが、時折建物から人が姿を現しては、私に暴言を浴びせていく。

どうして私がこんな目に……！　王都の奴らなんて、絶対に助けてやらない。

人気《ひとけ》がない王都を駆け抜け、あっという間に浄化の場に来た。私にとってここは、聖女として人々の注目を浴びた輝《かがや》かしい舞台《ぶたい》だった。

それなのに、こんな最低な気持ちで再びやって来ることになるなんて……。

ここは王都の中ではあるが、聖樹が目の前に大きく見える。広場になっていて、周囲には商店や民家が立ち並ぶ。

誰《だれ》もいないが、多くの視線を感じる。きっと建物から見ているのだろう。

「アーロン様、王都に入り込んだ魔物は倒《たお》しました」

駆けつけてきた騎士がアーロン様に報告をしている。なんだ、すべて倒すことができたのなら、やはりたいしたことじゃない。

「よし、ご苦労だった。……ダイアナ、浄化を」

「したくないわ。王都の人達、ひどいんだもの」

「やれ。これは命令だ」

「！」

アーロン様の表情には、ひとかけらも優《やさ》しさはなかった。

「…………っ！　やればいいんでしょう！」

聖樹を見ると、黒い霧《きり》のようなものが見えた。あれは瘴気《しょうき》だ。目に見える状態になっているなんて……。

今までよりも難しい浄化になりそうだが、私は今までと同じことをやるしかない。

「ほら！　これでいいんで…………あっ」

浄化をしたら、聖樹に良い変化が見えたと思ったが、すぐに元の状態に戻《もど》ってしまった。

アーロン様やセイン、騎士達の冷たい視線が私に突《つ》き刺《さ》さる。

「何度もやればいいのよ！　前だってそうだったし！」

そう思い、何度も何度も、重ねるようにかけていくが……。

「ど、どうして元に戻るの⁉」

私が浄化をかけても、まったく効果がなくなってしまった。それどころか、聖樹周辺の瘴気が一層濃《こ》くなった。呆然《ぼうぜん》としていると、聖樹の方から騎士が駆けてきた。

「アーロン様！　聖樹の方から、強い魔物達がこちらに向かっています！」

「！」

場に緊張《きんちょう》が走る。私も思わず固まった。ここは聖樹から近い。すぐに魔物が来てしまう。

焦《あせ》る私の耳に、アーロン様の信じられない言葉が聞こえた。

「迎《むか》え撃《う》つ！　ここで食い止めるぞ！」

「何を言っているのよ、アーロン様！　危ないわ！　すぐに逃げましょうよ！」

「駄目《だめ》だ。お前は浄化を続けろ！」

「そんな……！」

一人で逃げようかと思ったけれど、アーロン様は逃がしてはくれないだろう。

だったら、ちゃんと守ってよ!?

やけになりつつ、再び浄化をしようと思ったが、目の前の光景に目を見開いた。

「何あれ……」

今まではウサギやネズミのような、動物に近い魔物だったが、今押し寄せて来ている魔物達は、もっと恐《おそ》ろしい魔物達だ。

コボルトやゴブリン、スライムや、空にはハーピーまで飛んでいる。他《ほか》にもオークやリザードマンなどもいる。これまで軽傷で済んでいた騎士達も、無事では済まないだろう。

「ああ、あああああっ！」

迫《せま》って来る魔物達を見て、恐怖《きょうふ》で体が震《ふる》えた。すでに騎士達が戦い始めているが、魔物の勢いに押されている。

このままではまた王都の中に魔物《まもの》が溢《あふ》れてしまう。アーロン様ももう私を守ってくれるか分からないし、逃げるなら今だと思った、その時——。

「……来たな」

セインが微笑《ほほえ》み、呟《つぶや》いた。

「何だかすごく親近感が湧《わ》くのばっかりいるねえ」

「ぷよんぷよんのリュシアンのお友達は蹴《け》り飛ばそうかな。よく飛びそうだ」

「おい、はしゃぐな。一匹《ぴき》も取り零《こぼ》すなよ」

「君達、随分余裕《ずいぶんよゆう》ですね。では、地上は任せて、私は空のお友達と遊びましょうか」

目前まで迫って来ていた魔物達を凄《すさ》まじいスピードで減らしていくのは、この国の騎士《きし》達ではない、突如《とつじょ》現れた男達だ。

「あ、あなた達は……！」

よく見ると気がついた。彼らは聖域にいた騎士達だ。聖樹の方から進行してくる魔物達を意気揚々《いきようよう》と狩《か》り続けている。すごい、一匹も逃《に》がしていない！

魔物の侵入《しんにゅう》を完全に防いでいる。この国の騎士達もあっけに取られている。

そして——。私達の目の前には、金色のフェンリルが現れた。

「ひいっ！」

驚《おどろ》きで腰《こし》を抜《ぬ》かしてしまう。でも、このフェンリルも見覚えが……。

「聖樹があんな状態になるなんて、どうなっているの！　すぐに浄化《じょうか》するわよ！」

その背中にいたのは、私が嫌《きら》いな黒髪《くろかみ》の女だった。

八章　真の聖女と偽りの聖女

聖樹の状態を近くで見ると、目を背《そむ》けたくなるような有り様になっていた。

まったく聖樹として機能していない。中和できなかった瘴気がそのまま漂《ただよ》っている。

ダイアナの浄化は、聖樹の状態を悪化させたのかもしれない。

「コハネ、俺も魔物を倒してくる」

エドが魔物を倒しているみんなの下《もと》へ駆《か》けて行く。進むついでに近くの魔物をごっそりと倒して行っているし……すごい！

他のみんなも、バテるどころか魔物を倒す勢いがどんどん増している。国の騎士達はみんなに圧倒《あっとう》されて、行動を決めかねているようだ。

そんな彼らに向けて、アーロン様が叫《さけ》んだ。

「彼らはかつて、魔獣《まじゅう》から王都を守った伝説の騎士達だ！　彼らに続け！　我らの王都を守りきるぞ！」

オオオオッ！！！！　という国の騎士達の声が広場に響《ひび》く。

アーロン様の言葉に騎士達は奮い立ち、魔物へと向かっていった。エドやみんなの勢いには敵《かな》わないが、彼らは着実に魔物を倒している。

これなら魔物が王都内部へ侵入することはなさそうだ。ちらりとアーロン様の顔を見る。

聖域に引き篭《こ》もってからは、私の知っていた立派なアーロン様は幻想《げんそう》だったのだと思っていた。だから、こんな凜々《りり》しい横顔は嘘《うそ》のようだ。

私の視線に気づいたのか、アーロン様がこちらを見た。

「コハネ……すまない。来てくれて――」

「話は後！　浄化するから！」

ついチラ見をしてしまったが、おしゃべりは後だ。

「コハネ様！」

「え？　わあああああっ!?」

浄化に取りかかろうとする私に、ダイアナが飛びついてきた。

「来てくださってありがとうございます！」

そう言って私の手をぎゅっと握《にぎ》る。途端《とたん》に感じた嫌《いや》な気配と、ダイアナに手を握られているという事実にゾワッと鳥肌《とりはだ》が立った。このタイミングで握手《あくしゅ》!?

アーロン様やレイモンさんが、慌《あわ》てて私からダイアナを引き剥《は》がす。

「なんなの!?　一刻を争うのよ！　浄化の邪魔《じゃま》をしないで！」

「……邪魔なのはあなたよ！」

ダイアナはそう叫び、得意気な表情を見せた。そして、何かを起こすような素振《そぶ》りを見せたのだが……何も起こらない。

魔法《まほう》でも使ったのかと思ったけれど、何がしたいのだろう。

「何で……どうしてできないの!?　今できなきゃ……!!」

「できないって、何が？」

「！」

急にヒステリーを起こしたダイアナに尋《たず》ねると、「しまった」という顔をした。

「ははは」

「……セイン？」

「コハネの能力を複製できなかったか？」

「！！！！」

ダイアナが飛び跳《は》ねそうなほど驚いている。

「私の能力の複製？　セイン、どういうこと？」

「ダイアナの固有魔法は、『他人の魔法の複製』だ」

「ど、どうしてそれを！！！」

言葉通りの意味で受け取ると、魔法をコピーして使えるようになるってこと？

つまり、私の聖魔法を複製していたってこと!?

「目の前で使ってくれて助かった。おかげでいい証拠《しょうこ》が取れた」

「しょ、証拠って……！」

真っ青な顔をしているダイアナに、セインが笑顔《えがお》を見せた。セインが笑うなんて怖《こわ》い。

「……見苦しい。オレもそちら側だということが情けない」

アーロン様が何か呟いた。その声に反応したダイアナがアーロン様に縋《すが》り付いていく。

「アーロン様！　コハネが！　すべてコハネの陰謀《いんぼう》なのです！　私は悪くないわ！」

「いい加減にしろ！！！」

「！」

怒声《どせい》に驚いたダイアナが、アーロン様から離《はな》れた。私もアーロン様がこんな怒鳴り方をするなんてびっくりした。

「……詳《くわ》しいことはあとだ。ダイアナをしっかり拘束《こうそく》しておけ」

アーロン様の指示に従い、レイモンさんがダイアナを拘束した。確かに今はダイアナに構っている暇《ひま》はない。聞きたいことは山ほどあるが、今は浄化が最優先だ。

正面に聳《そび》える聖樹を見据《みす》える。これはかなり気合いを入れて浄化しないといけない。

浄化の作業は、フィルターの掃除《そうじ》に似ている。聖樹に溜《た》まった瘴気《しょうき》を魔力《まりょく》で洗い流すようなイメージだ。

……聖樹が苦しそうだ。意識を集中させると、聖樹の状態がより詳細《しょうさい》に見えてきた。このままでは枯《か》れてしまう。

「私も頑張《がんば》るから。あともう少し、踏《ふ》ん張ってね」

手を組み、祈るように聖魔法をかけると、聖樹を温かな白い光が包んだ。

――いつもどおりじゃだめ……もっと！

思いきり魔力を込めると、白い光の外側に金色の光の層が現れた。

すると、聖樹の中にびっしりと詰《つ》まっていた瘴気が、みるみる量を減らしていった。

上手《うま》くいっている。今までの浄化よりも大変なことをしているのに、なぜかそれほど負担がない。みんなの解呪《かいじゅ》をして、聖女として成長していたのかもしれない。

「これが本物の浄化か……！」

「さっきの浄化とは全然違《ちが》う！」

方々から感嘆《かんたん》の声が上がっている。私もこの幻想的な景色を楽しみたいところだけれど、浄化はまだまだこれからだ。魔力を流し続け、どんどん瘴気を減らす。

「見ろ！　聖樹の葉にみずみずしさが戻《もど》って来た……！」

誰《だれ》かが叫ぶと、すぐに「わあああ」と喜びの声が溢《あふ》れた。枯れ落ちそうだった葉も、時間を巻き戻したかのように青々としている。幹も力強さを取り戻した。

聖樹が徐々《じょじょ》に機能を取り戻していくのを感じる――。

「あ！　黒い靄《もや》がなくなっていく！」

喜びの声を聞いて、ひとまずホッとした。聖樹の機能が正常化し、中和を始めたようだ。

浄化《じょうか》の光ではない、聖樹自身が放つ魔力の光も目に見えるようになってきた。

いい調子。浄化を進めながら、聖樹の中和を補助する聖魔法も放つ。

今まで使ったことがない即興《そっきょう》で作った聖魔法だが、上手くいく確信がある！

だって、みんなが力を貸してくれている。

浄化を成功させるため、「一緒《いっしょ》に戦っているんだ」と思うと、勇気も力も湧《わ》いてくる！

「あ！　聖樹の上に……！」

見守っていた人達の目が一斉《いっせい》に聖樹の上空へ向かう。そこには、白く輝《かがや》く強大な魔《ま》法陣《ほうじん》が現れていた。私の中和補助の魔法だ。

ちゃんと効果はあるようで、視認《しにん》できていた黒い瘴気もみるみる消えていく。

「きれい……」

ダイアナがぽつりと呟《つぶや》いた。ふと、ダイアナは今どんな気持ちで見ているのだろうと気になったけれど、聞く必要のないことだ。

すぐに頭を切り換《か》えた。浄化は思っていたよりも順調に進んでいる。

このまま終わらせることができそうだと思っていた。だが……。

「あ……消えない瘴気がある」

なんとか消そうと試みるが、上手くいかない。試行錯誤《さくご》しているうちに気がついた。

浄化を中断し、魔物と戦っているエドに向けて叫ぶ。

「エド！　聖樹の中に魔物がいるの！　今まで出てきた魔物とは比べものにならないくらい強いわ！　でも、あれを倒《たお》さないと完全に浄化できない！」

「分かった！　ここはもう大丈夫《だいじょうぶ》だ！　国の騎士《きし》達に任せて俺達が向かう！」

「私も連れて行って！　聖樹の近くで浄化したいの！」

エドは少し迷っていたようだが、こちらに駆《か》け寄ると私を背に乗せた。

行こうとしたところで、アーロン様が声をかけてきた。

「コハネ、気をつけろよ。本来、君を守らなければいけないのはオレだったが……」

「…………」

理解不能なダイアナとは違い、アーロン様は私に対しての行動を悔《く》いているようだけれど……どう反応すればいいか分からない。

返事もせず、そのまま向かおうとすると、アーロン様はエドに声をかけた。

「コハネを頼《たの》みます！」

「……頼まれなくても。それに俺は、コハネを『守らなければいけない』とは思わない。守りたいから守るんだ」

そう言うと、エドは聖樹へ向かって駆けだした。

「急ぐ。落ちないようにしっかり掴《つか》まっていろ」

「うん！」

……エドの言葉が嬉《うれ》しかった。

落とされないようにしがみつくフリをして、エドにギュッと抱《だ》きつく。

私を守るのは、『騎士としての義務じゃない』と言ってくれたように聞こえた。

大切に思ってくれているからこそ守る、と。

「コハネ！」

みんなが私を呼ぶ声が聞こえた。馬を借りて追いかけて来たようだ。

「団長、おれ達のこと置いて行かないでくださいよ！　速いですって！」

リックの抗議《こうぎ》に、エドが笑う。

「これくらい、付いて来られないでどうする」

「馬に団長と同じ速さを求めないでくださいよ！」

「ねえ、コハネ。聖樹の浄化、かなり進んだね！」

エドに抗議するリックを押し退《の》け、リュシーが近づいて来た。

「うん！　あとは聖樹にいる魔物さえ倒せばなんとかなると思う」

「コハネ、魔物はオレ達に任せろ」

「動き足りないと思っていたところですから、ちょうどいいですね」

クレールとパトリスが何でもないことのように笑う。本当に頼もしい限りだ。

王都の広場から聖樹まではそう離れていない。あっという間に辿《たど》りつくことができた。

やはり聖樹の中に魔物がいる……と思っていたら、突如《とつじょ》近くに瘴気が漂《ただよ》い始めた。

「みんな！　魔物が来るよ！」

私が叫《さけ》んだ直後、聖樹の前に黒い霧《きり》の渦《うず》が現れた。渦の中に何かいる。霧が薄《うす》れていくと、その姿がはっきりと見えてきた。

それはフェンリルのエドよりも一回り大きい、猪《いのしし》に似た魔物だった。

血のように真っ赤な目は不気味に光り、体にまとった瘴気が炎《ほのお》のように揺《ゆ》らめいている。

「……忌々《いまいま》しいあの魔獣《まじゅう》に似ているね」

リュシーの硬《かた》い声に、私はどきりとした。みんなを呪《のろ》った魔獣に似ている？

私が頼《たよ》ったせいで、またみんなが呪われるようなことになったら……！

「大丈夫だ。心配するな」

「！」

エドのモフモフのしっぽが、私の背中をポンと叩《たた》いた。

「俺達を信じて、コハネは自分のやるべきことに集中してくれ」

エドの言葉とモフモフは、魔法のように私を前向きにしてくれる。私が失敗したらみんなの努力も無駄《むだ》になってしまうし、王都の人達も安全に暮らすことができない。

エドのおかげで強張《こわば》ってしまっていた体の緊張《きんちょう》が解《ほぐ》れた。がんばろう！

「まずは俺が行く。パトリス、コハネを頼むぞ」

エドはそう言うと、先陣《せんじん》を切って魔物へ突撃《とつげき》して行った。

「ヴオオオオオオオオオッ！」

「すぐに始末してやるっ！」

エドと魔物の体が激しくぶつかり合う。その衝撃《しょうげき》で地面や聖樹が揺れる。

互《たが》いに致命傷《ちめいしょう》になりそうな攻撃《こうげき》を察知すると距離《きょり》を取り、またぶつかり合いながら攻撃を加えていく。エドは鋭《するど》い爪《つめ》でもダメージを与《あた》えていて、魔物を圧倒《あっとう》している。

「……僕達の出番あるのかな」

「出番は待つものではなく、作るものですよ。さあ、行きなさい！」

パトリスが笑顔《えがお》でリュシーを送り出す。有無《うむ》を言わせない圧に押され、リュシーはエドの加勢に向かった。同じくパトリスに笑顔を向けられたリックとクレールも駆け出す。

エドが押しているが、魔物はまだまだ倒れる様子はない。もっとダメージを与える必要がありそうだから、みんなの協力は必要だ。

エドが引いたタイミングでリュシーが斬《き》り込んでいく。そして、リックとクレールが、リュシーのサポートをしている。パトリスも魔法で援護《えんご》していて、連係は完璧《かんぺき》だ。

この調子だと、みんな大きな怪我《けが》をせずに終わることができそうだ。

安心したその時、魔物が一際《ひときわ》大きな咆哮《ほうこう》を上げた。凄《すさ》まじい音量と気迫《きはく》に空気が震《ふる》える。

「魔物の体力があと僅《わず》かとなったのでしょう。ここからは捨て身でやって来ますよ」

パトリスの言葉通り、魔物はなりふり構わず大暴れし始めた。エドは魔物と衝突《しょうとつ》しながら戦ってきたが、あんな状態の魔物とぶつかると軽い怪我ではすまない。

ましてや人の姿に戻っているみんなにぶつかってしまったら、間違《まちが》いなく即死《そくし》だ。

「みんな……！」

「心配いりません。魔獣に比べれば子供のようなものですから。ほら、団長がもう決めてしまいますよ」

「えっ？」

リュシー、リック、クレールが入れ替《か》わりながら、隙《すき》を見て魔物に斬りかかっている。

エドは今にも飛び出しそうな前傾姿勢《ぜんけいしせい》で、それを見守っていたが——。

「団長！」

「任せろ！」

三人がバッと飛び退くと同時に、飛び出したエドが魔物を仕留めにかかった。

魔物がエドに気づいた時には、既《すで》にエドの爪が魔物の体を大きく切り裂《さ》いていた。

「ヴオアアアアアアアアアアアア！！！！」

魔物は倒れることなく、そのまま霧散《むさん》するかのように消えていく——。

そして瘴気《しょうき》もなくなり、魔物の気配はすべて消滅《しょうめつ》した。

「……パトリス、終わった？」

「ええ。討伐完了《とうばつかんりょう》です。お疲《つか》れ様でした」

笑顔で返事が来たその瞬間《しゅんかん》、私はパトリスの手を引いて駆け出した。

「みんな！」

「コハネ、終わったよ！」

四人が私達を出迎《でむか》えてくれる。みんな笑顔で、怪我をしている様子もない。

よかった、とホッと胸を撫《な》で下ろした。

でも、モフモフなエドは見た目だけでは大丈夫なのか分からない！

「エド、怪我してない!?」

エドの体をわしゃわしゃと触《さわ》ってチェックしてみたが、怪我はなくてモフモフだった。

「団長、魔物よりコハネにダメージを食《く》らったんじゃないか？」

「えええええ!?」

笑っているリックの言葉にびっくりしてエドを見る。すると、私がわしゃわしゃしたせいで、毛並みが乱れたエドが苦笑いをしていた。……すみません。

「コハネ、これで浄化《じょうか》は終わりなのか？」

エドの質問に、乱れた毛並みを戻《もど》しながら答える。

「ほとんど終わりよ。よし、モフモフはこれでオッケー！　じゃあ、浄化の仕上げを始めましょう！」

そう言って聖樹に近づき、幹に触《ふ》れて魔力《まりょく》を注ぎ込んだ。すると、聖樹は完全に機能を取り戻した。聖樹から瘴気を中和する優《やさ》しい光が放たれている。

「……うん。もう大丈夫《だいじょうぶ》ね」

これで王都周辺に魔物が現れることはなくなるはずだ。

王都の人達も聖樹が放つ光を見て、浄化が完了《かんりょう》したことが分かったのだろう。

遠くで歓声《かんせい》が上がっているのが聞こえた。

王都で儀式《ぎしき》ができなかったことは心残りだったが、これで自分の中でも一区切りつけられそうだ。あ、でも、ダイアナが聖女じゃなかったのなら、小さな聖樹の方も浄化をしなければいけないだろう。

「……うん？」

色々と考えていた私の目の前に、突如長細い光が現れた。

「何これ？」

優しくて温かい光を放っていて、無意識にそれに手が伸《の》びた。

「コハネ!?　触って大丈夫なの？」

みんなは謎《なぞ》の光を警戒《けいかい》しているようだ。でも、大丈夫。きっとこれは、私が受け取らなければいけないものだ。それにそっと触れると、『何か』を握《にぎ》ることができた。

「これは……剣《けん》？」

私が掴《つか》んでいたのは剣の柄《つか》だった。光が消え、全貌《ぜんぼう》が露《あらわ》になる。

それは金の柄に白い刀身の、大きくて立派な剣だった。

「あ！　それ！」

リュシーの声に振り向くと、みんなが驚《おどろ》いていた。どうしたの？

「それは……昔の俺の剣だ」

「え？　エドの？」

「ああ」

どうしてエドの剣が突然《とつぜん》現れたのだろう？　そう思い、剣を見ていたら気がついた。

「……エド。この剣、解呪《かいじゅ》の魔法が込められているよ。テレーゼ様がやったんだと思う」

「…………？」

エドは意味が分からないのか、きょとんとしている。みんなも同じような様子だ。

「でも、テレーゼ様の解呪では、僕達の呪《のろ》いは解けないんじゃ……」

「そうね。自分では呪いを解くことができなかったから、この剣を聖樹に預けることで、後世の聖女達に希望を託《たく》したんだと思う。エドの解呪ができる者がこの聖樹を浄化すると、剣が現れてエドの下《もと》へと導くようにして――。この剣には、解呪の魔法と共に、聖域の結界と同じ魔力が宿っているもの」

テレーゼ様には、『自分の過《あやま》ちから目を背《そむ》けたいから、エドと離《はな》れたい』という想《おも》いと、

『エドのことが好きだから、元の姿に戻って欲しい』という想いの両方があったのだろう。

時が経《た》つにつれて、後者の方が強くなったのかもしれない。

すべては私の想像でしかないけれど、悲しく苦しいだけの別れじゃなくて、せつなくはあるが、テレーゼ様にエドを思う気持ちがあったと思いたい。

「テレーゼが……俺の呪いを解こうとしていた？」

「そうだよ！」

大きく頷《うなず》きながら、エドにテレーゼ様の想いがこもった剣を見せる。

「…………っ」

「ねえ、エド。今、テレーゼ様の願いを叶《かな》えてあげようよ」

今、私の前にエドの剣が現れたことに、運命を感じた。テレーゼ様が、私を選んでくれたような気がしたのだ。

剣に込められた力と私の解呪を合わせたら、エドは必ず元の姿に戻る。

「……そうだな。もういい加減に戻らなければいけないな」

エドと向かい合う。剣を抱《かか》えるように座り、大きな獣《けもの》の前足を握る。

すぐに解呪を始めると、誰《だれ》よりも根深かったエドの呪いがあっさりと消えてなくなった。

フェンリルのシルエットが小さくなっていく――。

そして現れたのは、輝《かがや》く金色の髪《かみ》に蒼《あお》い瞳《ひとみ》、白銀の鎧《よろい》に白のマントをつけた騎士《きし》団長のエドだった。

「エド……」

やっと本当のエドに会えた。蒼い瞳と目が合うと、胸がいっぱいになった。

「団長……！」

みんなも久しぶりに見るエドの姿に感極《かんきわ》まっている。

エドも自分の手を見て、元の姿に戻ったことを理解したようだった。

「ありがとう、コハネ。呪いも……テレーゼのことも。ようやく彼女の笑顔《えがお》を思い出すことができた」

「うん！」

残念ながらテレーゼ様はもうこの世にはいないけれど、それでもどこかで微笑《ほほえ》んでくれたような気がした。

「……わあ⁉」

よかったあ、と気を抜《ぬ》いた瞬間、私の体が宙に浮《う》いた。

「エド？　な、何なの⁉」

「背中に乗せるのもいいが、手があるとこういうことができていい」

気がつけば、エドに「高い高い」をするように持ち上げられていた。

「やめて……っ⁉」

抗議《こうぎ》をしようと見下ろすと、エドに笑顔を向けられてどきりとした。眩《まぶ》しい！

なんという恐《おそ》ろしい顔面偏差値《へんさち》をたたき出しているのだろう。心臓が持たない。

それに……高い！　くるりと回らないで！　色んな意味でどきどきしちゃう！

もしかしてエド、元の姿に戻れてテンション上がっていますか？

「えー、団長いいな。僕もしたい！」

「おれも！」

「順番で……」

「お断りします！」

私の三半規管が持ちません！　みんな、私のことおもちゃだと思っていますか？

エドが笑っているからいいけれど、私で遊ぶのは程々《ほどほど》にして欲しい。

「やはりコハネは軽いな」

「羽根のように……って言わせたいんでしょう！　もう言わないから！」

前にスべらせたこと、私は忘れてないからね！

怒《おこ》ってみせると、エドは声を出して笑った。

「しかし……団長は空気を読みませんね」

「？」

パトリスの言葉を聞いて、私とエドは首を傾《かし》げた。何のことを言っているのだろう。

「あー……そうですね」

「一人だけ格好良く正装でビシッとキメてますよね～。ずるいな」

リックとリュシーの言葉にクレールも頷いた。

人に戻ったエドがこの格好なのは、テレーゼ様が強く意識していたエドの姿がこれだからだと思うが……何か問題があるのだろうか。

「…………！」

思案していたエドが、何かに思い至ったようだ。真面目《まじめ》な顔でマントを捨て、鎧を外し、中の服も…………って！

「脱《ぬ》がなくていいから!!」

「え？　いいのか？」

「いいの！」

まだ私が欲しがっていると思っているの？　違《ちが》うから！

顔を赤くして怒る私をみんなが笑う。……まったく、みんなでからかわないでよね！

でも、あんなに魔物《まもの》が多くいたのに誰も怪我《けが》をせず、こうして笑っていられてよかった。

「コハネ、この後どうするの？　聖域に戻る？」

落ち着いたところで、リュシーが聞いてきた。

「そうしたいけれど、ダイアナの話を聞きに行きたいな。みんなも一緒《いっしょ》に来てくれる？」

「もちろんだ」

エドの返事に続き、みんなも頷いてくれた。よかった、心強い！

借りた馬に乗り、私達は王都に戻《もど》って来た。

ちなみに私はフェンリルのエドに乗ってきたのだが、リックから馬を奪《うば》ったエドの前に座っている。追いやられたリックはリュシーの後ろに乗り、ずっと愚痴《ぐち》を零《こぼ》していた。

そして、大仕事を終え、のんびり和《なご》やかに戻ってきた私達を出迎《でむか》えたのは、耳をつんざくような歓声《かんせい》だった。

「聖女コハネ様！」

「コハネ騎士団万歳《ばんざい》！」

「あの白銀の騎士様は誰⁉」

民衆の……主に女性陣《じん》がエドを見て騒然《そうぜん》とした。王都を出発した時は、まだ解呪ができていなくてフェンリルの姿だったから、新たに加わったイケメンに視線が集まっている。

熱烈《ねつれつ》な視線を浴びても堂々としているエドは凄《すご》い。リック達も手を振《ふ》るくらい余裕《よゆう》があるし、注目されるのが苦手そうなクレールも涼《すず》しい顔をしている。

一方の私は、熱烈な歓迎《かんげい》に圧倒《あっとう》されている。旅をしている間、歓迎を受けたことはあったけれど、これ程のものはなかった。

「戻って来たか」

広場の中央に戻ると、セインが待ち構えていた。その隣《となり》には王太子メレディス様の姿もある。国の代表としてやって来たのだろう。

今までこういう場は、アーロン様が取り仕切ることが多かったから、少し意外で驚《おどろ》いた。

メレディス様の前に整列した騎士《きし》達が、私達に道を作っている。

民衆に見守られながら騎士達の間を通り、メレディス様の前に出る。すると、メレディス様は跪《ひざまず》こうとしている私を止め、私達の隣に並んだ。

そして、観衆に向けて手を上げると、歓声で溢《あふ》れていた広場がシンと静まった。

メレディス様は声を拡大する魔法《まほう》を使い、民衆に向けて話し始めた。

「聖女コハネ・アマカワの聖樹浄化《じょうか》により、この国の平和は守られてきた。そして今回の危機も、聖女コハネとその騎士達によって救われた！　国を代表し、真なる聖女と伝説の騎士達に感謝申し上げる！　ありがとう、聖女コハネ」

メレディス様の言葉が終わると同時に、再び割れんばかりの歓声が上がる。

「…………っ！」

感謝されたくて、再び王都にやって来たわけではない。でも、こうして認められ、歓声を浴びて感極まった。

「ありがとう！」と叫《さけ》ぶ人達の笑顔を見ると、がんばってよかったと思った。

みんなも歓声を上げる民衆を見て嬉《うれ》しそうだ。時間はかかったけれど、こうしてみんなが国の人から感謝を受けることができて嬉しい。

「罪人をこちらへ！」

　セインの声が響《ひび》くと、お祝いムードだった広場が一気に静まり、空気が張りつめた。

　騎士達に拘束《こうそく》され、連れて来られたのはダイアナだ。アーロン様も付き添《そ》うように後ろからやって来た。

「私は罪人じゃないわ！　私に何の罪があるっていうのよ！」

「聖女を騙《かた》り、国を危機に晒《さら》した罪だ。セイン」

　メレディス様に促《うなが》され、セインが民衆に向けて話を始めた。

「この者の固有魔法は『能力複製』。魔法を複製し、己《おのれ》のものとして使うことができるのだ。ダイアナは聖女コハネから複製した聖魔法を使い、浄化をしてみせ、自らが聖女であると偽《いつわ》った。しかし、まがいものの聖魔法では聖樹を浄化することはできず、その結果、リノ村や王都を危機に陥《おとしい》れた」

「そ、そんなことはしていないわ！　証拠《しょうこ》……証拠はないでしょう！」

「証拠はある」

「！」

　目を見開き、驚いているダイアナに向けてセインは何かを見せた。

　あれは……以前、私が握《にぎ》ってからセインに渡《わた》した、ボールのような道具と同じものだ。

「この道具は、使った魔法を記録・解析《かいせき》するものだ。先ほどダイアナが聖女コハネの手を握り、能力を複製しようとした際の記録を証拠として提出する。……他《ほか》にも、お前の悪事を裏付けるものはたくさんある」

「そ、そんな……」

証拠を突《つ》き付けられ、ダイアナはその場に崩《くず》れ落ちた。

「偽《にせ》聖女ダイアナを牢《ろう》に入れておけ。……もう君が自由を得ることはないだろう」

メレディス様の指示に従い、騎士《きし》達がダイアナを連れて行く。

「私は王妃《おうひ》になって、贅沢《ぜいたく》な暮らしをするの！　私が能力複製を授《さず》かったのは、神様が奪うことを許してくれているからよ！　私は何も悪くないわ！　奪われる方が悪いのよ！」

騎士達に引きずられるようにして去って行くダイアナが何か叫んでいる。

能力を複製することができるなんて素晴《すば》らしい力だ。

使い方を間違《まちが》わず、人の役に立つことに生かしていれば、ダイアナは望んでいた贅沢な暮らしができていたはずだ。

そう思いながらダイアナを見送っていると、メレディス様が近づいて来た。

「国を危機に陥れたのだから、本当は処刑《しょけい》が妥当《だとう》なのだが……。彼女の力は有益だから、檻《おり》の中から国に貢献《こうけん》して貰《もら》おうと思うよ」

「……そうですか」

国に飼い殺しにされるのは私ではなく、ダイアナの方になったらしい。ざまあみろ、なんて思わない。残りの人生で少しでも反省し、改めてくれたらいいなと思う。

「さあ！　移動して、王城で詳《くわ》しい話を聞いてもいいかい？」

メレディス様からお誘《さそ》いがあったが、私は首を横に振った。

「いえ、私達は聖域に帰ります」

みんなに目を向けると、大きく頷《うなず》いて同意してくれた。

「そうか、それは残念だ。では、ここでいいから少し話をしよう。あなたが儀式《ぎしき》を押し付けたとされる件だが、ダイアナはかつて複製していた能力を使い、あなたを眠《ねむ》らせ、部屋を封印《ふういん》したことが分かった。部屋を詳しく調べたところ、その形跡《けいせき》があった」

「ちゃんと調べてくれたんですね」

もう済んだことではあるが、疑念が晴れたのなら嬉しい。

「もちろんだ。むしろ調べが遅《おそ》くなり申し訳ない。根拠《こんきょ》なくあなたを黒の塔《とう》に幽閉《ゆうへい》しようとしたことを謝罪する。もちろんこの事実は公表するし、あなたに賠償《ばいしょう》もさせて頂く」

「…………」

メレディス様の後方にいるアーロン様が心苦しそうだ。私と話をしたがっているようにも見えるが、もうこの件についてアーロン様と話すつもりもない。終わったことだ。

「疑いが晴れたのならそれでいいです。賠償は必要ありません」

「あなたがそう言うなら、また別のかたちで返そう」

「いりません」

即答《そくとう》すると、メレディス様が笑った。何もおもしろくないと思うのですが……。

「コハネ、城に戻る気はないかい？　アーロンとやり直す気は……」

「どちらもまったくないです」

再び即答すると、メレディス様はまた笑った。

「じゃあ、婚約《こんやく》相手が私ならどうだろう？　形式上だけでも構わないし、伝説の騎士様方と城で暮らして頂いてもいいよ？」

私は瞬時《しゅんじ》に全力で首を横に振った。形式上だけでも王太子妃《ひ》なんて絶対に無理です！

そんな私を庇《かば》うように、みんなが私とメレディス様の間に立った。

「残念だな。私はあなたを気に入っているのに」

今の言葉には、アーロン様がびっくりしている。

私も驚いた。気に入って貰うほど、私はメレディス様と関《かか》わっていないはずだ。

「ふふっ。もしかすると、今のやりとりが『フラグ』になって、何年後かに王妃になっているかもしれないよ？」

「フラグ？　ああ。セインから聞いたんですね。前にそんな話をしました」

「いいや。あの時話を聞いたのは私だよ」

「？」

首を傾《かし》げる私を見て、メレディス様とセインがニヤリと笑った。

「言っただろう？　固有魔法《まほう》は多種多様だと」

突然《とつぜん》メレディス様の声色《こわいろ》が変わってびっくりした。それに、今のセリフを言っていたのはメレディス様ではなく、セインのはずだ。

混乱する私に向かって、エドがぽつりと呟《つぶや》いた。

「コハネ、不思議なことに、この二人は気配が同じだ」

教えてくれたのはありがたいけれど、それってどういうこと？

気配が一緒《いっしょ》ってことは……同じ人？

「え、まさか……私が嫌だって言った『セインが二人』が現実だったってこと!?」

セインとメレディス様が同じように笑っている。見た目がまったく違《ちが》うのに、同じ笑顔《えがお》に見えてきた。

「ちゃんと説明してください！　分身ですか？　記憶《きおく》や視界を共有する能力とか!?」

「私かセインの婚約者になってくれたら、詳しく説明するけど？」

「じゃあ、いいです」

即答すると、また二人同時に笑い出した。とても憎《にく》らしい笑みだ。

「お前が俺の婚約者になったなら、聖魔法の実験を山程《やまほど》やらせようと思ったんだがな」

「それはもう婚約者じゃなくてモルモットでしょ！」

セインの言葉に思わず突っ込んだが、結局セインはメレディス様だった？

今も同じように笑っている二人を見ていると、狐《きつね》に化かされたような気持ちになった。

疲《つか》れてしまったので、早く聖域に帰ろう！

「コハネ……」

立ち去ろうとしたら、アーロン様に呼び止められて動揺《どうよう》した。思わず足を止めてしまったが、エドがすかさず私の肩《かた》を抱《だ》いてくれたので、すぐに落ち着くことができた。

「なんでしょう」

無視をしようかと思ったが、これで最後だと決めて話を聞いた。

「君を疑ったこと、信じなかったこと。……申し訳なかった」

「もう終わったことです」

機械的に返事をすると、アーロン様は寂《さび》しそうな顔をした。

「旅の終盤《しゅうばん》、立派になったコハネに頼《たよ》られることが減り、オレは自分の存在意義が薄《うす》れたように思っていたんだ。そんな時にダイアナに頼られ、まんまと術中に嵌《はま》ってしまった。自分が恥《は》ずかしい。本当にすまなかった」

アーロン様が抱《かか》えていた葛藤《かっとう》を聞いて、私達はもっと話し合いをしていたら、今でも隣《となり》にいたのかもしれないと思った。

でも、終わったことを考えても仕方ないし、もう好きになることはない。

尊敬していた頃《ころ》のアーロン様に戻《もど》ったことは嬉《うれ》しいし、国にとってもいいことだと思う。

「……アーロン様。突然始まった異世界での生活に戸惑《とまど》う私を支えてくれたのはあなたでした。浄化《じょうか》の旅も、アーロン様と一緒だったから頑張《がんば》れました。これからは別々の道を歩きますが、私はアーロン様を応援《おうえん》しています。頑張ってくださいね！」

「コハネ……！」

アーロン様はまだ何か言いたそうだったが、私はエドの手を引いて走り出した。

みんなも一緒についてきてくれている。

「城に住んで欲しいという誘いを断って良かったのか？」

エドの言葉に大きく頷く。

「聖域の方が何倍も楽しいもの！　それに、みんなの解呪《かいじゅ》が終わったお祝いをしなければいけないでしょう？」

「そうだ！　宴会《えんかい》をするんだった！」

リックの言葉に続き、みんなが沸《わ》き上がった。

みんなにはごちそうを振《ふ》る舞《ま》ってお礼したい。お酒もたくさん出してあげよう。

「さあ、私達の家に帰りましょう！」

さようなら、アーロン様。さようなら、王都。

九章　私達の居場所

聖域に戻って来た私達は、早速《さっそく》お祝いの準備を始めた。

みんなはお酒を飲んではしゃぐだろうから食堂では狭《せま》い。

屋敷《やしき》の庭にパーティー会場を作った。

木と木の間には飾《かざ》りのフラッグをかけ、お祭りのように賑《にぎ》やかにした。

ドンと並べた酒樽《さかだる》の上に花を飾ったら、「それはいらない」「邪魔《じゃま》」と言われて悲しかったので、花冠《はなかんむり》を作ってみんなの頭に載《の》せてやった。みんな可愛《かわい》い！

すぐに取られてしまったので、屋敷の飾りとして再利用しよう。

真っ白なテーブルクロスの上には、たくさんの料理が並んでいる。

リクエストを募《つの》ったら、ここで初めて料理を作った時とほぼ同じラインナップになった。

あの時と違うところは、作るのをみんなが手伝ってくれたことだ。

わいわいと騒《さわ》ぎながら作る料理はとても楽しかった。

準備もあと少しというところで、エドが声をかけてきた。

「コハネ、少し時間を貰《もら》えるか？」

エドに連れられ、みんなから離《はな》れた木陰《こかげ》にやってきた。

「何？　内緒話《ないしょばなし》？」

笑いながら聞いた私に、エドも笑った。今のエドは白銀の鎧《よろい》ではなく、白いシャツと黒いズボンというラフな格好をしている。

「そうだな」

シンプルな装いだからこそ、エドのかっこよさが際立《きわだ》つ。まだこの姿を見慣れていないこともあり、二人でいると少し緊張《きんちょう》してしまう。

私達の間を、優《やさ》しい風が通って行く――。心配事もなく、こんなに穏《おだ》やかな時間を過ごせるようになって、本当に幸せだ。

「……コハネ、これを預かってくれないか」

「？　これは……」

エドから差し出されたものを受け取る。それは、王都の聖樹にテレーゼ様が残したエドの剣《けん》だった。

「どうして？　使わないの？」

私の問いにエドが微笑《ほほえ》んだ。

「俺は君に呪《のろ》いを解いて貰い、新たな自分になれた気がしたんだ。その剣は、過去の俺を象徴《しょうちょう》するものだから、今の俺が使うものではないと分かった。

穏やかにそう語るエドを見ていると、負の感情で私に預けたのではないと思った」

「……そっか」

剣は思い出と共に大事にしまって、新たな一歩を踏《ふ》み出したいのかもしれない。

エドが長年の苦しみから解放され、やっと明るい方へと歩み出したのだと思うと嬉しい。

私も王都で区切りをつけて来たので、気持ちを新たに頑張りたい。

「でも、私が持っていていいの？　大事な剣でしょう？」

「今、俺が守りたいのは君だ。だから君に持っていて欲しいと思った」

「！」

エドの言葉を聞いて、思わず顔から火が出そうになった。嬉しい……。

でも、言った本人は照れることなく真面目《まじめ》な顔をしている。私だけあたふたしているのが少し悔《くや》しい。

「わ、分かった。毎晩大事に抱いて寝《ね》るね！」

動揺を隠《かく》そうとしてそう言うと、エドに笑われた。

「いや、魔法の収納に入れておいていいから。コハネは面白《おもしろ》いな。ははっ！」

「そんなに変なことを言ったかな？　笑わないでよ」

段々恥ずかしくなったけれど……でも、今とても幸せだ。

私も私の方法で、エドを守りたいと思うよ。


「あ、おれ達に準備任せてどこに行ってたんだよ！」

「団長、コハネを独り占《じ》めにしてずるい……」

エドとみんなの下《もと》に戻ると、不機嫌《ふきげん》そうなリックとリュシーに出迎《でむか》えられた。

みんなはもう席に着いていて、私達を待ってくれていたようだ。

「どこに行っていたかは内緒《ないしょ》！　待たせてごめんね」

慌《あわ》てて空いている席に着く。今日はみんな同じ椅子《いす》。そして、ジョッキを持つ手も同じ形——人間の手だ。

最初の乾杯《かんぱい》の時は、人に戻っているのはリックだけだったし、エドなんて樽《たる》に顔を突《つ》っ込んで飲んでいた。あれは中々の衝撃《しょうげき》映像だったなあ。

「じゃあ、遅刻《ちこく》の罰《ばつ》も込めて、乾杯の挨拶《あいさつ》はコハネだな」

「また私⁉」

リックに言われ、思いきり顔を顰《しか》めた。今度は他《ほか》の人でお願いします。

「今日は団長がいいんじゃないですか。団長はコハネを誘拐《ゆうかい》した上に遅刻しましたし」

誘拐はされていないが、エドに任せたいのでパトリスの言葉に全力で頷《うなず》いた。

みんなの呪いが解けた大事なお祝いだから、エドにしっかりと決めて欲しい。

「分かった。……その前に、みんなに聞いて欲しいことがある」

エドの真剣《しんけん》な目を見て、直感的にテレーゼ様の話をするのだと分かった。

「祝いの前に話すことではないかもしれないが聞いて欲しい」

みんなきょとんとしているが、パトリスはエドと同じように少し緊張した面持《おもも》ちだ。

「俺達を呪《のろ》ったあの魔獣《まじゅう》が王都に現れた原因はテレーゼにある」

「………え？」

リックとリュシー、そしてクレールは困惑《こんわく》している。

突然《とつぜん》こんな告白を受けたのだから無理もない。

エドはゆっくりと三人に、テレーゼ様が元の世界に帰るために使った聖魔法により、魔獣が出現してしまったことを話した。私は黙《だま》ってその様子を見守った。

「………」

話を聞いた三人は呆然《ぼうぜん》としていた。

怒《おこ》っている様子はない。ただただ困惑しているようだった。

でも、しばらくするとクレールが口を開いた。

「つらい想《おも》いをして亡《な》くなった仲間がいますから、テレーゼ様を許すことは難しいです。でも、テレーゼ様もつらかったでしょう」

クレールの言葉にリュシーが続く。

「今も魔物の姿で苦しんでいたら、テレーゼ様を憎《にく》んだかもしれません。でも、今はコハネが僕らを幸せにしてくれたから……静かに事実として受け入れます」

二人は穏やかだった。リックは勢いよく立ち上がった。怒ったのかと思ったが……。

「おれはテレーゼ様より団長が許せませんよ！　一人で抱《かか》えてないで、おれ達に言って欲しかったです！」

怒《いか》りというより抗議《こうぎ》だった。これにはクレールとリュシーも大きく頷いた。

「……すまなかった」

「もう隠し事はなしですよ？　今回は特別に、森百周で許してあげます」

「たまにはいいこと言う」

リュシーの呟《つぶや》きに、リックが「たまに、って言うな」と怒っている。

漂《ただよ》っていた緊張感がなくなり、いつもの空気が戻《もど》って来た。呪いの真相を聞いて、みんなはどう思うか心配だったけれど、大丈夫《だいじょうぶ》そうだ。よかった……！

エドもホッとした様子だ。

「あ、しらっとした顔で聞いていた副団長はこの話を知っていたんでしょう？　だったら団長と一緒《いっしょ》に走ってくださいね！」

リックの言葉に、パトリスが目を丸くしている。私は思わず笑ってしまった。

「仕方ないですね。付き合いましょう」

エドと同じように、色々なことを自分の胸の中にだけ秘《ひ》めてきたパトリスも、やっと肩《かた》の荷が下りただろう。

百周走ったらもっとすっきりするかもしれないし、がんばって欲しい。

「では、仕切り直して乾杯しよう」

エドの挨拶を聞くため、私は姿勢を正した。

「俺達が呪われて、もうどれほどの月日が流れたか……。待ち望んでいた日が来たことをとても嬉《うれ》しく思う。これもすべて、我らが聖女、コハネのおかげ――」

「団長、コハネが号泣《ごうきゅう》してます」

「うー……」

エドの挨拶の途中《とちゅう》だが、私は出だしから感極《かんきわ》まってしまった。聖域に来て、みんなと出会ってからのことが一気に頭に浮《う》かんでしまったのだ。

涙《なみだ》が出てきたから下を向いて誤魔化《ごまか》していたのに、リックに告げ口されてしまった。

「コハネ、何でそんなに泣いてるの？」

「だって、呪いが解けて、本当によかったなって思って……」

そう言って更《さら》に泣き出してしまった私を見て、みんなが微笑んでいる。

「コハネがこの聖域に来てくれた奇跡《きせき》に感謝したい。コハネ、俺達の仲間になってくれてありがとう」

エドの言葉に続き、みんなも「ありがとう」と言ってくれる。感謝したいのは私の方だ。

「みんな。この聖域に私の居場所をくれてありがとう。聖域に逃《に》げてきた時は、こんな素《す》敵《てき》な毎日を送ることができるなんて思わなかった。私、みんなのことが大好き！　これからもよろしくね！」

途中でまた涙があふれて来たけれど、最後まで言うことができた。よかった……。

私の言葉を聞いて、みんなが照れくさそうにしている。

その様子がなんだか可愛《かわい》くて思わず泣きながら笑ってしまった。

「コハネは言っていた通り、俺達を幸せにしてくれた」

エドにまっすぐに見つめられながらそう言われ、今度は私が照れてしまった。

ジュースを飲んで恥《は》ずかしいのを誤魔化していると、みんなが私に向かって話し始めた。

「飯は美味《うま》いし、服も着れたし、温かいベッドで眠《ねむ》れた！　コハネのおかげで、おれは人間だったんだなって思い出したよ」

「僕はコハネのおかげで、自分にも色んな感覚があったことを知ったよ。眠っていたものを起こして貰《もら》ったって言うか……。初めて生きていて楽しいって思えた！」

「オレはずっと逃げていたことと向き合うことができたし、好きなことができる毎日に感謝している」

「私もコハネのおかげで肩の荷が下りました。こんなに気が楽になったのは、いつぶりでしょうか」

「みんな……」

こんなに感謝して貰えて嬉しい。余計に泣いてしまう。

喜びを隠《かく》せずにいる私に向かい、エドが笑いかけてくれた。

「俺は……こんなに穏《おだ》やかな気持ちで暮らせる日が来るとは思っていなかった。コハネに負けないくらい、俺もコハネを幸せにする」

「！」

エドの言葉を聞いて、一気に顔が熱くなった。プロポーズのようでびっくりした。

そういう意味ではないと分かっているのにドキドキしてしまう。

「団長、抜《ぬ》け駆《が》けは駄目《だめ》ですよ！　おれ達だっているんですからね！」

「僕もコハネを幸せにするからね！」

「ふふっ、ありがとう！　……って、あれ？　乾杯は⁉」

「……忘れていた。乾杯！」

「乾杯！」

突然異世界に召喚《しょうかん》され、一度はすべてを奪《うば》われた私だったけれど……。
これからも聖域に引き篭《こ》もって、みんなと幸せに暮らします！

あとがき

本書を手に取ってくださりありがとうございます。花果唯《はなかゆい》と申します。

名前を考えたときに、アレルギー性鼻炎《びえん》で鼻が痒《かゆ》かったので『はなかゆい』です。

自分のネーミングセンスに打ちひしがれた時期がありましたが、今ではこの名前も割と気に入っています。


本書は、カクヨムに掲載《けいさい》された「奪《うば》われ聖女と呪《のろ》われ騎士《きし》団の聖域引き篭《こ》もりスローライフ」を加筆修正したものです。

この作品には、『聖女』『呪い』『騎士』『魔物《まもの》』と、自分の好きなものを詰《つ》め込んだので、とても楽しく書くことができました。

読んでくださった方にも、私と同じように楽しんでいただけたらいいな、と思います。

呪われていた騎士達はイケメン五人組ということで、乙女《おとめ》ゲームの攻略《こうりゃく》キャラクターや、アイドルグループのようなイメージで私の脳内にいました。

自分だったら誰《だれ》を推《お》すか……。リュシアンあたりを推していそうです。でも、林《はやし》マキ先生が描《か》いてくださった美麗《びれい》でかっこいい団長を見て、「やっぱり団長！」と思わず心変わりしそうになりました。いや、でも他《ほか》のキャラも……ああっ、迷う！　決められない！

個人的にはセインとメレディスもいいキャラだと思います。

読者様にも、推しができていると嬉《うれ》しいです。そして、誰を気に入ったか教えていただけると更《さら》に嬉しいです！

主人公のコハネも、可愛《かわい》らしく素敵《すてき》にデザインしていただけて感激でした！　コハネ自身はもちろん、聖女の姿、普段《ふだん》着もとても可愛くて、デザイン画を見ながらしばらくニヤニヤしました。

書籍《しょせき》化していただくことになり、林マキ先生がイラストを担当してくださって、この『奪われ聖女と呪われ騎士団の聖域引き篭もりスローライフ』の世界が広がったので、感謝の気持ちでいっぱいです！

最後に、ご尽力《じんりょく》くださった担当様、ありがとうございました！

そして、林マキ先生、関《かか》わってくださった皆様《みなさま》、読者様へ心から感謝申し上げます。

花果唯

「奪われ聖女と呪われ騎士団の聖域引き篭もりスローライフ」の感想をお寄せください。
おたよりのあて先
〒102-8177 東京都千代田区富士見2-13-3
株式会社KADOKAWA 角川ビーンズ文庫編集部気付
「花果 唯」先生・「林 マキ」先生
また、編集部へのご意見ご希望は、同じ住所で「ビーンズ文庫編集部」までお寄せください。

奪《うば》われ聖女《せいじょ》と呪《のろ》われ騎士団《きしだん》の聖域《せいいき》引《ひ》き篭《こ》もりスローライフ

花果《はなか》 唯《ゆい》

角川ビーンズ文庫 23178

令和４年５月１日 初版発行

発行者———青柳昌行
発 行———株式会社KADOKAWA
〒102-8177 東京都千代田区富士見2-13-3
電話 0570-002-301（ナビダイヤル）
印刷所———株式会社暁印刷
製本所———本間製本株式会社
装幀者———micro fish

●お問い合わせ
https://www.kadokawa.co.jp/ （「お問い合わせ」へお進みください）
※内容によっては、お答えできない場合があります。
※サポートは日本国内のみとさせていただきます。
※Japanese text only

ISBN978-4-04-112519-9C0193 定価はカバーに表示してあります。

義妹が聖女だからと婚約破棄されましたが、
私は
妖精の愛し子です
WEB発話題作!!!
妖精に愛された公爵令嬢の、
痛快シンデレラストーリー！
著／桜《さくら》井《い》ゆきな　イラスト／白《しろ》谷《や》ゆう
“マーガレット様が聖女ではないのですか?”
聖女の力が発揮されず王子に婚約破棄された
公爵令嬢のマーガレット。
だが隠していた能力――妖精と会話できる姿を、
うっかり伯爵家の堅物・ルイスに見られてしまい!?
シリーズ好評発売中！！

●角川ビーンズ文庫●

角川ビーンズ小説大賞
原稿募集中!
君の"物語"がここから始まる!
角川ビーンズ小説大賞がパワーアップ!
https://beans.kadokawa.co.jp
詳細は公式サイトでチェック!!!
【一般部門】&【WEBテーマ部門】
賞金 大賞 100万円
優秀賞 30万円
他副賞
締切 3月31日
発表 9月発表(予定)
イラスト/紫　真依